Stefanie Dörr

Melli

Dreimal gestern und zurück

Stefanie Dörr,
1967 in Stuttgart geboren, studierte Betriebswirtschaft
und arbeitete jahrelang in Werbung und Marketing, bevor sie sich
als freie Texterin und Beraterin selbstständig machte.
Heute lebt sie mit ihrer Familie in Frankfurt am Main und
schreibt Romane für Kinder und Jugendliche.

Von Stefanie Dörr sind im Arena Verlag bereits erschienen:

Melli. Einmal blinzeln und von vorn

Lenas geheimes Wunschbuch. Von unerklärlichen Schulhofkatastrophen,
oberpeinlichen Liebeserklärungen und besten Freundinnen in Not

Lenas urlaubsreifes Wunschbuch. Liebe Grüße aus dem Chaos

Lenas verliebtes Wunschbuch. Glücklich hoch zwei

Stefanie Dörr

Melli

Dreimal gestern und zurück

Arena

1. Auflage 2014

Umschlaggestaltung: Frauke Schneider
Gesamtherstellung: Westermann Druck Zwickau GmbH
ISBN 978-3-401-60008-6

www.arena-verlag.de
Mitreden unter forum.arena-verlag.de

Kapitel 1

Verschlafen. So eine Mistigkeit. Melli brauchte gar nicht erst auf die Uhr zu schauen, das hatte sie im Gefühl. Sie musste dem schrillen Klingelton wohl dankbar sein, der sie geweckt hatte. Ihr Wecker war es jedenfalls nicht gewesen. Irgendwer stand draußen vor der Tür und forderte massiv Einlass in das *weiße Haus*. So nannten Melli und ihre Cousinen das moderne, blendend weiß getünchte Anwesen, in dem Melli erst seit wenigen Wochen residierte. Während sie sich mühsam aus dem Bett schälte, hörte sie eilige Schritte durchs Haus klappern, denen ein lautes »Hallo, da sind Sie ja endlich!« und geschäftiges Scheppern folgten. Jetzt sah Melli vorsichtshalber doch mal auf die Uhr. Halb neun. Ihre Mutter und deren frisch gebackener Ehemann Adrian waren bestimmt schon unterwegs. Und Jason, dieses überflüssige Anhängsel von Adrian, schlief sicher noch. Das war nämlich die allerliebste Beschäftigung ihres neuen Stiefbruders – neben der, Melli durch seine bloße Anwesenheit in den Wahnsinn zu treiben. Langsam sickerten die Stimmen von unten in ihr Bewusstsein. Ihre Großmutter. Was machte die am frühen Morgen hier? Natürlich, der Pool! Seit sie hier wohnten, war die Anschaffung eines profimäßigen Pools im Garten das Thema Nummer eins in der Familie. Handwerker also. Ach so. Ihre Großmutter sollte sich um die

Männer kümmern, da normalerweise um diese Uhrzeit niemand zu Hause war. Außer Jason, und der zählte nicht. Den konnte man nicht guten Gewissens auf fremde Menschen loslassen. Zwar sprach er mittlerweile ganz passabel Deutsch, doch spickte er seine Sätze mit amerikanischen Flüchen von »Fucking bla, bla, bla« bis »Bloody irgendwas«. Einfach nur peinlich. Ständig und in jedem Satz musste er heraushängen lassen, dass er ja so was von Amerikaner war und damit für alles viel zu gut. Melli fand ihn einfach nur dämlich. Von wegen superintelligent, unglaublich sympathisch und ein wundervoller Bruder. Das hatte ihre Mutter Pam Melli nämlich weismachen wollen, als klar wurde, dass Adrian seinen vierzehnjährigen Sohn mit nach Deutschland bringen würde. Jason war der Gute-Laune-Killer schlechthin, aber jetzt hatte Melli Besseres zu tun, als sich über ihn zu ärgern. Schon längst sollte sie auf dem Weg zu den Bundesjugendspielen sein, die um neun Uhr anfingen. Sie konnte hören, wie ihre Großmutter den Poolleuten lautstark Anweisungen gab. Barfuß tapste sie aus ihrem Zimmer und in Richtung Bad, als jemand hinter ihr »Bloody hell, was soll das Geschrei? Es ist midnight!« knurrte.

Melli schrak zusammen. Jason! Dieser Idiot – und sie war im Schlafanzug. Ausgerechnet dem uralten mit Hello Kitty vorne drauf. Was für eine Katastrophe! Melli strich sich die zerzausten Haare aus dem Gesicht und wandte ihm ihre besonders hoch erhobene Nase zu. »Von wegen Nacht. Würdest du nicht nur rumgammeln, dann wärst du schon seit Stunden in der Schule oder bei einem Job.« Jaaa, sie war es gewohnt, dass er sie so ansah. So herablassend. So bescheuert. Weil der ganze Jason komplett bescheuert war und folglich gar nicht anders schauen konnte. Aber dass er sie jetzt von oben bis unten scannte, beim Anblick ihres Schlafshirts und der Strubbelhaare die Augenbrauen hochzog, also das ging ja so etwas von zu weit.

»Oh, I see, und du bist voll die fleißige Schülerin, ja?«, ätzte er, bevor er sich umdrehte und wieder zu seinem Zimmer schlurfte. Als ob er selbst eine bessere Figur machen würde, so am frühen Morgen. Melli musste zwar zugeben, dass Jason – wenn man auf arrogante Typen wie ihn stand – ganz süß aussehen konnte, aber jetzt! Sein Scheitel war verrutscht, seine türkisfarbenen Augen trüb vom Schlaf und er steckte selbst in einem grottenhässlichen T-Shirt mit bluttriefendem Totenkopf vorne drauf. Dann doch lieber eine süße Kittykatze, oder?

Melli holte Luft, um ihm einen fiesen Spruch entgegenzuschleudern, doch Jason hob nur den Arm und deutete, ohne sich umzuschauen, auf die Uhr an seinem Handgelenk. Mistige Mistigkeit! Sie würde sich mächtig ranhalten müssen. Also zischte Melli nur »arschiger Kackstiefel« und stakste grimmig in ihr höchsteigenes Badezimmer, das außer ihr niemand betreten durfte. Obwohl

Melli das *weiße Haus* mit all seiner Protzigkeit völlig übertrieben fand, hatte es unübersehbare Vorteile wie zum Beispiel, dass zu ihrem Zimmer ein Bad gehörte. Und ebenden überdimensionalen Garten, der im Moment jedoch eine matschige Baustelle war. Sie strich sich die Haare aus dem Gesicht und studierte ihr Spiegelbild. In einer knappen halben Stunde präsentabel zum Staffellauf gegen die anderen sechsten Klassen anzutreten, war natürlich völlig unmöglich. Tja, unmöglich für normale Schüler, die verschlafen hatten. Durchaus im Bereich des Möglichen für Schüler, die Melli hießen, verflucht waren und ein hübsches Blumenamulett um den Hals trugen, mit dem sie ein wenig an der Zeit drehen konnten, wenn ...

Melli zeigte ihrem Spiegelbild ein aufmunterndes Lächeln und drückte sich eine dicke Portion der extra scharfen Zahnpasta für besondere Fälle auf die Zahnbürste. Kaum spürte sie ein Brennen im Mund, setzte das vertraute Schwindelgefühl ein. Schnell griff sie nach ihrem Blumenamulett, rieb langsam, aber mit kräftigen Bewegungen über die glatte Oberfläche und konzentrierte sich darauf, die Zeit anzuhalten. Vollbremsung. Ein einfacher Zeitstopp würde ihr genügen. Sie vergewisserte sich, dass der Sekundenzeiger der Uhr stehen geblieben war, und putzte in aller Ruhe ihre Zähne zu Ende. Jetzt spielte die Zeit keine Rolle mehr. Schon praktisch, dieser Fluch, den sie der aufregenden Vergangenheit ihrer Großmutter und einem ihrer früheren Verehrer zu verdanken hatte. Aber wie das so ist mit Flüchen, brachte auch dieser neben gewissen Vorteilen seine dunklen Seiten mit sich.

»Der Mensch bringt täglich sein Haar in Ordnung, warum nicht auch sein Herz«, störte eine sahnecremige Stimme ihre Gedanken. Melli stieß einen unwilligen Zahnpasta-Schnauber aus und versaute ihren Spiegel mit Schaumspritzern. Jedes Mal wenn sie am Amulett rieb und mit der Zeit trickste, musste sie schlaue Weisheiten dieser Art ertragen. Seit Wochen ging das nun schon so und dennoch zuckte sie jedes Mal zusammen, wenn unvermittelt diese vibrierende Männerstimme durch ihren Kopf hallte, wie ein Echo aus einer tiefen Schlucht. Diese Stimme konnte niemand außer Melli hören, ganz so, als wäre direkt hinter ihrer Stirn ein kleiner Lautsprecher eingebaut. Und gelegentlich erschien ein dunkelhäutiges, altersloses Gesicht mit breitem Grinsen, strahlend weißen Zähnen und einer ziemlich schmuddeligen Kochmütze vor ihrem inneren Auge. Zweifellos das Gesicht, das zu der Stimme gehörte.

Nach langen Gesprächen mit ihrer Großmutter waren sie zu dem Schluss gekommen, dass es sich um eine Art Vision oder Geist von Oma Doros Verehrer handeln musste. Nur der indische Koch Amrit, der König der scharfen Küche, wie Oma Doro mit sehnsüchtigem Gesichtsausdruck geschwärmt hatte, war zu solch einer Frechheit fähig. Dieser Amrit hatte sich vor ungefähr hundert Jahren so unsterblich in Mellis Großmutter verliebt, dass er mit ihrer Zurückweisung nicht leben konnte und Doros »Blumen« verflucht hatte. Dass er damit ihre weiblichen Nachkommen meinte, ging Oma Doro erst auf, als Melli gewisse Probleme mit der Zeit bekam. Ihre Großmutter hatte ein wenig kleinlaut gestanden, Amrit auch dann noch nicht ernst genommen zu haben, als er ihr beim Abschied in Indien das Blumenamulett und wirre Weisheiten mit auf den Weg gegeben hatte. Jahrelang hatte sie weder an Amrit noch an das Amulett gedacht. Bis zu dem Tag, als Mellis Zeitabläufe durcheinandergerieten, sobald sie Scharfes aß. Egal ob Chili, Zahnpasta oder Kaugummi – Schärfe auf ihrer Zunge bedeutete Zeitenchaos. Ohne Vorwarnung erstarrte ihr Umfeld, stand die Zeit still oder sie befand sich, schwups, in der Vergangenheit oder Zukunft. Anfangs war das wirklich bescheuert gewesen. Stress ohne Ende. Ständig musste Melli damit rechnen, aus dem normalen Leben geschleudert zu werden. Erst als Oma Doro auf die Idee gekommen war, dass das Blumenamulett auch zu dem Zauber gehörte, hatte Melli gelernt, Zeitsprünge und Zeitstopps zu steuern.

»Halt die Klappe«, fauchte Melli jetzt mit vollem Mund, worauf Amrits Stimme säuselte: *»Tadle nicht den Fluss, wenn du ins Wasser fällst.«*

Melli gab auf. Wie viele fernöstliche Weisheiten gab es eigentlich? Dieser Kerl verfügte über einen unerschöpflichen Vorrat, und würde sie sich jedes Mal die Mühe machen, über deren Sinn nachzudenken, käme sie aus dem Grübeln nicht mehr heraus.

Trotz des Zeitbonus beeilte sie sich. Da sie noch immer nicht wusste, wie ihre Mitmenschen die Zeitpausen erlebten, wollte sie diese so kurz wie möglich halten. Während Melli einfach ihren Beschäftigungen nachging, waren alle Lebewesen und sämtliche Gegenstände um sie herum genau so in ihrer Bewegung erstarrt und eingefroren wie vorhin der Uhrzeiger. Mitten in der Tätigkeit, die sie gerade durchführten. Melli wollte nicht schuld daran sein, dass jemand während ihrer Zaubereien zu Schaden kam, und tatsächlich war auch noch nie etwas Schlimmes passiert – zumindest hoffte sie das.

Eilig warf sie die Sportsachen in ihre Tragetasche und hetzte aus ihrem Zimmer. Am Treppenabsatz hielt sie kurz inne. Sollte sie es wagen und einen Blick in Jasons Zimmer werfen, um zu sehen, in welcher Pose sie ihn gestoppt hatte? Vielleicht auf einem Bein beim Strümpfeanziehen? Oder beim Zähneputzen? Nein. Es gab eindeutig Grenzen, die sie nicht überschreiten durfte. Nachher erwischte sie ihn auf der ... ne, lieber nicht darüber nachdenken. Sie gab sich einen energischen Ruck und sprang die spiegelglatten Treppen hinunter. Himmel, auf Socken war das lebensgefährlich! Sie kam ins Straucheln und landete schmerzhaft auf dem Po. *»Geduld verlieren heißt Würde verlieren«,* lautete Amrits Kommentar.

Stöhnend rappelte sie sich auf. Jetzt aber schnell. Wenn sie sich nicht täuschte, warteten schon ihre Cousinen und besten Freundinnen Lora und Pia an der Bushaltestelle. Steif wie antike Statuen im archäologischen Museum wohlgemerkt, bis Melli sie erlösen würde.

Auf dem Weg zur Haustür umrundete sie geschickt zwei Handwerker, die mit schweren Werkzeugkoffern beladen waren. Außerdem stand ihre Oma mitten im Flur, mit erhobenem Arm, der in Richtung Garten und Poolbaustelle zeigte. Melli kniff die Augen zusammen und verzog den Mund. Oh mistiges Elend! Doros glühender Blick verfolgte Melli, die unter dem richtungsweisenden Arm hindurchtauchte. Soweit Melli wusste, war ihre Oma Doro der einzige Mensch, der die Zeitstopps sozusagen live miterlebte. Zwar konnte sie sich genauso wenig bewegen wie alle anderen, doch ihr Geist und ihre Augen waren hellwach und nahmen alles um sich herum wahr. Melli drückte ihrer wütenden Oma einen Kuss auf die Wange, bevor sie aus dem Haus stürmte. Der Kuss war sowohl ein Abschiedskuss als auch eine Entschuldigung, denn Doro regte sich fürchterlich auf, wenn Melli den Fluch dazu nutzte, um sich Vorteile zu verschaffen oder Nachlässigkeiten auszubügeln. Und verschlafen würde sie mit Sicherheit nicht entschuldigen.

Aber noch war es zu früh, den Zauber zu beenden. Melli sauste die Straße hinunter, bog drei Mal ab und sah schließlich die Bushaltestelle vor sich. Auch ein Nachteil des neuen Hauses. Bis vor Kurzem hatte sie fast Tür an Tür mit ihren Cousinen gewohnt. Quer über den Hof und man war zusammen. Ah, gut, Pia und Lora, ihre Zwillingscousinen, warteten bereits. Sie wirkten ein wenig verloren. Lora, die ihr Handy fixierte, und Pia, die suchend in Mellis Richtung starrte. Pia, die Verständnisvolle, die sich sicherlich bereits Sorgen um Melli gemacht hatte. Vermutlich hatte sie Lora überredet, Melli anzurufen. Bei jedem Zeitstopp konnte sich Melli wegschmeißen, wie ulkig die versteinerten Leute aussahen. Trotzdem war es jedes Mal auch ein komisches Gefühl. Nicht einmal die Vögel flogen oder die Wolken rührten sich. Allein Melli konnte für Bewegung sorgen. Eine CD abspielen zum Beispiel, damit es etwas zu hören gab. Oder Fahrrad fahren, damit sie Fahrtwind spüren konnte. Oder gegen Blätter pusten, damit sie sich bewegten.

Aber prima, der Bus jedenfalls war schon da. Melli hatte die Zeit keine Sekunde zu früh angehalten. Sie rieb an ihrem Amulett. Kurz konzentrieren, Zeit wieder anschubsen und fertig. Winkend und lachend fiel sie Lora und Pia gleichzeitig in die Arme. »Morgen, Schlafmütze«, begrüßte sie Lora, »das war aber knapp. Ich wollte dich gerade anrufen.«

»Quatsch, alles im Griff«, lachte Melli und schob Pia vor sich in den Bus. Wenn die beiden wüssten. Zwar hatte Melli Lora in ihr Geheimnis eingeweiht, doch trotz Beweisfotos und Videoclips auf ihrem Handy glaubte ihr Lora bis heute nicht. Zeitzauber war in ihren Augen einfach unmöglich.

Der Morgen war gerettet und Melli und ihre Freundinnen bei schönstem Wetter auf dem Weg zu den Bundesjugendspielen, was so viel hieß wie »schulfrei«! Klong, machte es leise in Mellis Tasche. Sie bückte sich und angelte nach ihrem Smartphone. Weia, Oma Doro hatte geschrieben und ihre Nachricht mit vielen wütenden Teufelchen- und Pistolen-Icons gespickt: »Ungeheuerlich, deine Gabe so zu missbrauchen. Stell dir gefälligst den Wecker und lass es deine Mitmenschen nicht ausbaden, wenn du verschläfst! Ich erwarte etwas mehr Respekt!«

Mellis Wangen röteten sich. Wer wurde schon gerne ausgeschimpft. Und dass Oma Doro ihren Fluch immer als »Gabe« schönredete, passte ihr auch überhaupt nicht. Schließlich war ihre Großmutter selbst der Grund für diesen Schlamassel.

»Ist was passiert?« Lora versuchte, einen Blick auf Mellis Display zu erhaschen.

»Nur Oma. Sie will, dass ich diese Woche im Laden helfe. Bücher sortieren und einräumen und so«, flunkerte Melli schnell.

Dass die Mädchen in der Bücher- und Esoterikhandlung ihrer Großmutter aushalfen, war nichts Ungewöhnliches und Lora schüttelte sich. »Och ne, bei dem schönen Wetter? Sag ihr ab. Die Bücherstapel können warten, bis es wieder regnet.«

»Seht mal, da vorne kommen Jacob und Mario«, lenkte Melli ab. »Die haben sich aber in Schale geschmissen.« Tatsächlich schleppten ihre besten Jungs-Freunde Sporttaschen, als würden sie zu einem zweiwöchigen Fußball-Camp aufbrechen, und trugen die Haare senkrecht nach oben gegelt.

»Die sehen aus wie Nitro, wenn er einem anderen Kater begegnet«, bemerkte Lora, die ihrer kampffreudigen Katze verübelte, dass sie ihretwegen kein weiteres Haustier haben konnten.

Pia kicherte: »Genau. Außerdem sind die Haare so nicht windschnittig. Ich wette, das kostet uns den ersten Platz beim Staffellauf.« Doch als sich die Jungs neben ihnen auf die Sitze warfen, hielt sie den Mund.

»Lauft ihr auch die Staffel mit?«, fragte Mario lässig. »Wenn nicht, dann haben wir den Sieg sicher!«

»Hey«, wehrte sich Melli. »Ich bin dabei und eine eurer Schnellsten.«

»Du bist unsere Quotenfrau. Das zählt nicht. Aber es hätte noch schlimmer kommen können.« Jacobs überlegener Blick streifte die moppelige Lora, die das Gespött locker nahm. »Wenn eines Tages Rugby gespielt wird, mache ich euch alle platt«, behauptete sie.

»Melli ist Klassenbeste im Sprinten«, verteidigte Pia ihre Cousinen-Freundin.

»Dafür kann keine von euch werfen«, versuchte Mario, die Jungsehre zu retten.

»Das sagt der, der beim Weitsprung wie eine abgeschossene Flugente in den Sand plumpst«, tönte Melli zurück.

»Warum gibt's eigentlich keinen Fußball bei den BuJu-Spielen?«, fragte Jacob.

»Weil das die Mädchen noch weniger können und der Sport ja für alle sein soll«, antwortete Mario, während er verbissen auf seinem Smartphone Fußballspieler übers Feld jagte.

»Klar können wir Fußball. Darf ich daran erinnern, wer in der letzten Sportstunde eine Eins im Fußball bekommen hat?«, verteidigte sich Pia.

»Dann halt Karate.«

»Hast du nicht gesagt, du hättest eine Trainerin?«, fragte Melli, womit das Gespräch beendet war. Es ging ihnen immer öfter so, stellte Melli frustriert fest. Dabei waren sie doch die Meckenheim-Gang. Aber so richtig was zu sagen hatten sie sich nicht mehr, seit sie aufgehört hatten, sich in ihrem Waldlager zu treffen, daran zu bauen und es einzurichten. Ab und zu gingen sie ins Kino, lästerten über die Schule oder hingen gemeinsam rum, aber sonst?

Vielleicht würde sie Jacob und Mario wieder öfter sehen, wenn der Pool fertiggestellt war? Vielleicht war er wenigstens dazu nütze?

»Am Wochenende lassen wir bestimmt das Wasser ein«, griff sie ihren Gedanken auf.

»Echt, Mann? Schon? Hat der Pool eine Heizung?«, murmelte Jacob abwesend, immerhin musste er auf dem Handy einem schrägen Vogel helfen, seine Häufchen zielsicher zu verteilen. »Oh verdammt, daneben!«, rief er enttäuscht und startete das Spiel erneut.

»Keine Ahnung, ich glaube, irgendwas mit Solardings.«

»Dann warten wir lieber noch ein paar Tage«, meinte Jacob. »Ist bestimmt saukalt«, stimmte ihm Mario zu.

»Trotzdem cool, so ein Pool«, sagte Jacob und schmiss sich vor Lachen vom Sitz. Gerade rechtzeitig, als sie an der Sportanlage ankamen, tauchte er wieder auf, raffte seine Siebensachen zusammen und verschwand mit Mario im Pulk der Jungen, die zu den Umkleidekabinen drängten. Für die Mädchen hatten sie keinen Blick mehr übrig.

Kapitel 2

Wie soll man denn mitten in der Nacht einen Staffellauf bewältigen«, jammerte Melli, als sie ihre Sportschuhe zuschnürte.

»Verschwende deine Energie nicht mit Rumjammern, du musst unsere Klassenehre verteidigen, also los.« Lora schwang sich die Tasche auf den Rücken.

»Du stehst ja nicht alleine am Start«, versuchte Pia zu trösten, deren Auftritt in geputzten Laufschuhen und den neu erworbenen Shorts mit passendem Sporttop sehr professionell wirkte. Melli starrte bewundernd auf Pias Ausstattung. »So etwas brauch ich auch, sonst kann ich keinen Schritt mehr laufen.«

»Sind schön, nicht wahr? Willst du sie haben? Dann zieh ich mich schnell um«, bot Pia sofort an.

»Eh, danke, Quatsch, ich finde, die Shorts passen zu dir, lass mal.« Pias selbstlose Hilfsbereitschaft war manchmal nicht zum Aushalten. Gemeinsam geleiteten sie Melli zum Start wie Trainer einen Boxer zum Ring.

»Wir glauben an dich«, flüsterte Lora und hielt demonstrativ die Daumen hoch. Pia umarmte sie, als wäre es ein Abschied für lange Zeit. Dabei hatte das Getue nur zur Folge, dass sich Melli allein und schwach fühlte, als sie sich zu den Jungs gesellte, die schon ihre Aufwärmübungen absolvierten. Dehnen, Strecken ... Nervös fingerte Melli nach den Zimtkaugummis, die sie einsetzen wollte, wenn ihr die Stabübergabe misslang oder ihre Klasse aus einem anderen Grund in Rückstand geriet. Ihr zitterten schon jetzt die Knie, wenn sie an die Enttäuschung ihrer Mitschüler dachte, sollte etwas schiefgehen. Nein, sie musste ihr Bestes geben. Melli startete als Erste, wie die Mädchen der anderen Klassen auch. In der 6d liefen sogar mehr Mädchen als Jungs, das war selten, aber als sie die langbeinige Victoria sah, verstand sie, weshalb. Die machte den Eindruck, als wäre sie Anwärterin auf olympisches Gold. Melli konnte einpacken oder gleich rückwärtslaufen. Automatisch tasteten ihre Finger nach dem Amulett, das warm auf ihrer Haut lag. Ob sie ein wenig herumzaubern sollte? Es wäre nichts Großartiges. Kaugummi rein, Amulett reiben, im richtigen Augenblick gemütlich weiterjoggen und gewonnen. Dann erinnerte sie sich an Oma Doros erboste Teufelchen-Pistolen-Nachricht. Nein. Mit schwerem Herzen und noch schwereren Beinen ging sie zu ihrer Startbahn.

Doch es blieb keine Zeit zum Grübeln. Schon riss sie der Knall der Startklappe aus ihren Gedanken. Eine Sekunde zu spät sprintete sie los. Neben ihr hatte Victoria ebenfalls den Start verpasst und eine ganze Weile liefen sie parallel, bis ihre Konkurrentin sie auf der langen Geraden überholen konnte. Obwohl Mellis Beine losgelöst vom Rest ihres Körpers und völlig frei vom Kopf arbeiteten wie eine Maschine, vergrößerte Victoria den Abstand zwischen ihnen. Klar, mit DEN Beinen und DEM Namen musste sie ja gewinnen. Die anderen Mädchen lagen ein paar Schritte zurück, als Melli eine gefühlte Nanosekunde nach Victoria ihren Stab an Jacob übergab. Der griff beherzt zu, drehte ab und spurtete flink davon. Victorias Partner dagegen ließ den Stab fallen und stolperte über seine eigenen Füße. Keuchend und japsend feuerte Melli Jacob an, der jetzt die Meute anführte. Sie lagen vorn! Ganz ohne Mellis Zeitzauberei. Sogar Jannis konnte die Führung halten, das war großartig. Doch nein, jetzt warf der Dussel Mario den Stab zu, ganz lässig. Zu lässig! Und wie konnte es anders sein – daneben! Was für ein Elend! Dahin war der schöne Vorsprung, mit den letzten Läufern holten die Wichtigtuer der 6d unaufhaltsam auf. So richtig hämisch schauten sie jetzt herüber, umarmten sich und hopsten übermütig herum. Melli ging zu dem kleinlauten Haufen ihrer Klasse, die sich tröstend gegenseitig auf die Schultern klopften. Zu spät, sie hätte doch ein wenig zaubern sollen, ärgerte sie sich, als Lora und Pia auf sie zustürmten und Melli in die Arme nahmen. »Ihr wart sensationell!«, rief Pia übermütig.

»Ach was, ohne die misslungene Übergabe von Victoria am Anfang hätten wir eh nie eine Chance gehabt. Knapp verloren ist auch daneben, oder?« Frustgefühle breiteten sich in Melli aus.

»Ist doch egal, komm, die anderen warten schon beim

Weitwurf. Ich sag dir, ich habe so eine Wut auf die 6d, ich werf den Ball über den ganzen Platz«, verkündete Lora.

»Und ich werfe wie immer direkt vor meine Fußspitzen. Vielleicht muss ich auch mal richtig sauer werden«, meinte Pia, die froh sein musste, über die Zehn-Meter-Markierung zu kommen.

»Unsinn, das kannst du vergessen, du bist nie wütend. Aber keine Sorge, wir feuern dich an, dann fliegt der Ball ...«, wollte Melli sagen, doch sie wurde von einem spitzen Aufschrei unterbrochen und am Arm festgehalten. »Melli«, kreischte jemand direkt in ihr Ohr, dass es nur so vibrierte. »Oh mein Gott, das war wunderbar. Ich wusste ja nicht, dass du so gut bist!«

Verdrossen wandte sich Melli der Kreischerin zu. Charlie. Charlie mit dem Rosarot-Tick, Charlie, die zum vierblättrigen Kleeblatt um die biestige Nadine gehörte, die betont lässig mit den beiden anderen Mädchen auf sie zuschlenderte. »Was?«, schnauzte Melli unfreundlich.

»Ich wollte dir nur gratulieren«, stammelte Charlie, ziemlich ausgebremst durch Mellis Ablehnung.

»Weil wir verloren haben?«

»Äh, ne, weil du so gut warst, immerhin hast du fast gegen Victoria gewonnen, und das will was heißen«, schrillte ihre Stimme und drohte zu kippen.

»Also, danke«, meinte Melli kurz und wollte sich wieder wegdrehen. Doch Charlie ließ nicht locker. Melli ahnte, was ihr eigentlich unter den Nägeln brannte. Seit Tagen, nein, um genauer zu sein, seit dem Abend ihrer umwerfenden Schul-Musical-Premiere vor ein paar Wochen, war es immer das Gleiche mit den vier Mädchen. Zuerst war es hauptsächlich Nadine, dann das gesamte Kleeblatt und jetzt verfolgte vor allem Charlie nur noch ein Ziel: Jason. Es war Jasons erster Abend in Deutschland gewesen und Nadine und ihre Freundinnen waren sofort hin und weg von ihm. Aus irgendeinem Grund war Charlies Schwärmerei inzwischen dermaßen ausgeufert, dass Nadine ihrer Freundin den Vortritt ließ, wenn es um Jason ging. Melli konnte schon gar nicht mehr zählen, wie oft Charlie versucht hatte, sie über Jason auszuquetschen. »Sag mal, ich habe gehört, ihr habt jetzt einen Pool. Wäre es nicht schön, wenn wir uns mal bei euch treffen und so ...?« Wenn Charlie so leise und fast schüchtern sprach, erinnerte sie Melli an ein kaputtes Quietschentchen.

»Der ist noch nicht fertig«, pflaumte sie zurück.

»Ach, ich meine ja nur, aber ich würde wirklich gerne mal mit zu dir kommen.« Jetzt platzte Melli fast der Kragen. Warum konnte Charlie nicht ehrlich sein? Wenn sie hinter Jason her war, dann sollte sie doch einfach nach seiner Handynummer fragen und fertig. Freiwillig würde sie die jedenfalls nicht rausrücken, dafür fand sie Charlie viel zu dämlich. Die rosarote Barbie-Charlie. Wahrscheinlich würde sie gerade deshalb gut zu Mellis schleimigem Stiefbruder passen. »Charlie, jetzt rück schon raus damit. Warum willst du unbedingt zu mir eingeladen werden? Sag doch mal!«

»Also, ich dachte, es wäre eben nett ...«, stotterte Charlie und knetete ihr zartrosa T-Shirt. »Ehrlich?«, fragte Melli und zog das E spöttisch nach oben. »Und ich muss jetzt zum Werfen. Tschüss.« Melli wandte sich ab und Lora und Pia folgten ihr wie Schatten. Merkwürdigerweise fühlte sie sich mies und hervorragend zugleich. Bei Charlie den Frust über den verpatzten Wettkampf abzuladen, war nicht fair gewesen, aber es tat irgendwie gut.

»Äh, Melli, musste das sein? Ich finde Charlie eigentlich ganz in Ordnung. Wir könnten sie doch wirklich mal einladen, oder?«, hörte sie in diesem Augenblick Pias besorgte Stimme. Ach du liebe Zeit! »Pia«, sagte Melli eindringlich, »die will mit uns gar nichts zu tun haben. Seit Jason auf dem Musical-Abend aufgetaucht ist, benutzen mich permanent irgendwelche Mädels, um an ihn ranzukommen, das weißt du doch. Charlie ist am penetrantesten von allen. Die ist nicht nett, die nutzt mich aus.«

»Ich glaube nicht, dass es nur Jason ist. Sie sucht eben neue Freundschaften, vielleicht gibt es mit Nadine Probleme.«

»Sie sucht einen ganz speziellen neuen Freund, nämlich Jason. Die ist verknallt! In Jaaaaason!«, trällerte Melli den Namen ihres Stiefbruders.

Wie jemand für Jason schwärmen konnte, war ihr schleierhaft. Natürlich fanden die Eltern Jason spitze,

Pam und Adrian allen voran. Oder ihre Tante Kira, Loras und Pias Mutter. Weil er ja so prächtig war, so unerreicht himmlische Noten schrieb, sich für komplett uninteressante Hirnakrobatik interessierte, ein ungeschlagenes Sportass in fast allen Disziplinen war und sooooo ein unglücklicher, liebenswerter Junge. Christof, Mellis Onkel, war da ein wenig nüchterner und Oma Doro, ach na ja, die hatte andere Maßstäbe, die beurteilte Menschen nach den Farben ihrer Aura. Und bei Jason stimmte ihrer Meinung nach etwas mit dem Gelbton und Weißanteil in besagter Aura nicht. Außer ihr konnte allerdings niemand sonst diese Farben sehen, die nach Doros Ansicht alle Menschen umgaben. In Mellis normalen Augen war Jason schlicht ein Angeber, Wichtigtuer, Nervtöter, Streber, Schleimer, einer, der viel zu viel Aufmerksamkeit bekam, einer, der in Mellis Leben so überflüssig war wie ein Sprung im Handy-Display. Ja, sie wusste, dass es durchaus Typen gab, die deutlich schlimmer aussahen als er. Ein bisschen verstand sie sogar, dass gewisse Mädchen auf ihn flogen. Groß und sportlich, braunes Wuschelhaar, das ihm gelegentlich in die Stirn fiel, und diese türkisfarbenen Funkelaugen, aber bitte, er war ihr STIEFbruder! Selbst wenn er sich so cool gab, dass mit einem vorzeitigen Wintereinbruch zu rechnen war, würde ihn Melli mit Sicherheit niemals toll finden. Und bisher hatte sie sich in dieser Hinsicht auch auf ihre Cousinen verlassen können.

Irritiert beobachtete sie, wie auf Pias Gesicht ein träumerischer Ausdruck erschien. Das gefiel ihr überhaupt nicht. Jetzt sagte Pia auch noch leise: »Ach, ich weiß nicht. Er sieht wirklich süß aus. Er erinnert mich total an einen Schauspieler. Oder war es ein Sänger? Ich komm gerade nicht auf den Namen. Ich denke, er ist hier einfach noch nicht richtig angekommen, der Arme.« Da! Originalton Pia. Brauchte Melli dazu noch etwas zu sagen? Stattdessen tauschte sie einen Blick mit Lora und verdrehte die Augen. Zwar war auch Lora immer viel zu nett zu Jason, aber immerhin wusste Melli, dass sie Jason so entbehrlich fand, wie es sich für eine beste Cousinen-Freundin gehörte.

»Können wir jetzt endlich mit dem Weitwurf anfangen?«, moserte Melli genervt und dirigierte ihre Freundinnen zum Rest der Klasse.

»Ouuu«, kommentierten gerade Jacob und Mario den Wurf eines Jungen, der knapp hinter der Vierzig-Meter-Markierung aufkam. »Der war nicht schlecht. Wettest du mit mir um eine Cola, dass ich auch die Vierzigermarke knacke?«, bot Mario an. »Von mir bekommst du keine Cola, sondern eins auf die Nuss. Vierzig Meter schaffe ich locker«, prahlte Jacob. »Vierzig sind Gold, oder?«, fragte Lora, für die Weitwurf die einzige Möglichkeit war, an Punkte für eine Siegerurkunde zu gelangen.

»Vierzig sind für Mädchen jenseits«, erklärte Jacob von oben herab.

»Los, jetzt sind wir dran.« Sie gaben ihre Wettkampfkarten ab und stellten sich auf. Als Melli an der Reihe war, holte sie Luft, nahm ein paar Schritte Anlauf und warf. Neben ihr stand Lora, deren Ball mindestens fünf Meter weiter flog. Egal. Melli war zufrieden und schlug mit Lora ein. Nach ihnen schlich Pia zur Startlinie. Irgendwie kapierte die nie, wann sie den Ball loslassen musste, und donnerte ihn nach dem Abwurf regelrecht zu Boden. Bekümmert beobachtete Melli Pias ersten Versuch, der, von Lora mit einem saftigen »Scheiße« kommentiert, nicht einmal zehn Meter erreichte. Pia tat ihr so leid! Schnell steckte sich Melli einen Kaugummi in den Mund. Gerade als Pia zum zweiten Versuch ausholte – die Sache mit dem Ausholen war auch nicht so ihr Ding –, rieb Melli konzentriert an ihrem Amulett und stoppte kurzerhand die Sportveranstaltung. Wie gewohnt erstarrte die Welt um sie herum. Einige ihrer Mitschüler sahen außerordentlich merkwürdig aus, in ihren unvollendeten Anläufen und Sprüngen. Eilig lief Melli zu Pias verhunztem zweiten Wurf und legte den Ball bedächtig neben die Fünfzehn-Meter-Markierung. War das zu viel? Sie überlegte kurz, schaute sich um, verglich, was die anderen Mädchen so geschafft hatten, und entschied sich für stolze neunzehn Meter. Warum nicht gleich ein ordentliches Ergebnis, wenn man schon die Möglichkeit dazu hatte?

»Kannst du nicht das Große fassen, sollst drum nicht das Kleine lassen«, freute sich Amrits Stimme und aus-

nahmsweise nickte Melli zustimmend. »Genau«, befand sie. Wenigstens im Kleinen helfen, war doch schon prima. *»Dann beginnt unsere Freude, wenn wir den anderen lächeln machen«*, wusste Amrit in salbungsvollem Ton beizutragen. Melli runzelte die Stirn. Warum nur hatte sie immer den Eindruck, diese Geisterstimme würde sich über sie lustig machen? Keinen Augenblick länger konnte sie die Weisheiten des Tages ertragen, keine einzige Sekunde. Schnaubend vor Ärger rieb sie an ihrem Amulett und die Welt begann sich wieder zu regen.

Pias Gesichtsausdruck belohnte Melli für ihre Mühe. »Waaaaas?«, rief sie, als sie erfasste, wo ihr Ball gelandet war. Sie riss die Augen auf, warf die Arme nach oben, setzte zum Jubel an, doch dann sank sie in sich zusammen. »Okay, sehr lustig. Wer war's?«, fragte sie über ihre Schulter zu Lora und Melli.

»Wie? Was meinst du?«, fragte Lora zurück.

»Wer hat meinen Ball so weit nach vorne gelegt? Wer hat für mich geschummelt?«

»Niemand! Wie hätten wir das denn machen sollen? Schau mal, selbst Frau Spielmann ist ganz erstaunt. Keiner hatte die Chance zu schummeln.« Melli wies empört auf die Lehrerin, die stirnrunzelnd die Ergebnisse in Tabellen eintrug. »Da, jetzt hast du es schriftlich. Zum ersten Mal über fünfzehn Meter geworfen.«

»Aber ich habe nichts anders gemacht als vorhin! Das ist völlig unmöglich!«

»Ist es nicht. Vielleicht hattest du Rückenwind?«, sinnierte Lora und klopfte Pia auf die Schulter. »An deiner Stelle würde ich auf den dritten Versuch verzichten. Lass es gut sein, nimm es als Geschenk.« Pia schüttelte den Kopf. »Nein, ich versuch's gleich noch mal. Vielleicht habe ich jetzt endlich den Kniff raus.« Achselzuckend trat Melli einen Schritt zurück und beobachtete, wie Pia unbeholfen ausholte. Sie verzog schmerzlich das Gesicht, als der Ball einen kurzen hohen Bogen flog und dann wie ein Stein senkrecht nach unten fiel. Mit Wohlwollen konnte man etwas mehr als elf Meter erkennen. Frau Spielmann winkte ab. »Wir nehmen den zweiten Versuch, Pia, das war doch ganz ordentlich«, rief sie ihr zu. Pia seufzte. »Wäre ja auch zu schön gewesen. Ich hatte wohl einfach Glück. Egal, lass uns zum Weitsprung gehen.«

Als sie ein paar Stunden später im Bus saßen, die ganze alte Meckenbach-Gang, wurden noch immer die Wettkampfergebnisse besprochen. »Die alte Kuh hat sich todsicher vermessen. Die hat einen Knick in der Optik und das Maßband verkehrt herum gehalten!«, empörte sich Mario, der im Weitsprung einfach nur versagt hatte. Für Jacob war der Tag hervorragend gelaufen, was Marios Laune nicht gerade hob. Obwohl sie beste Freunde waren, bestand ein heftiger sportlicher Wettstreit zwischen den beiden. »Jeder hat eben mal Pech und mal Glück«, meinte Melli, die zufrieden sein konnte. Insgeheim verdächtigte sie ihren kleinen Zeitstopp, für Marios Unglück verantwortlich zu sein, der zeitgleich beim Weitsprung gestartet war. Wer wusste schon genau, was alles geschah, wenn die Zeit angehalten wurde?

»So wie ich«, bestätigte Pia, die noch immer nicht fassen konnte, dass sie zum ersten Mal in ihrem Leben einen »normalen« Wurf zustande gebracht hatte. Bevor der Sensationswurf, wie Mario Pias Leistung bezeichnete, wieder von allen diskutiert wurde, beschloss Melli, das Thema zu wechseln. »Kommt jemand mit zu mir? Schauen, wie weit der Pool ist? Heute früh waren wieder Handwerker da, ich denke, es ist bald so weit.«

»Ne, jetzt nicht«, antwortete Lora für sich und ihre Schwester. »Ma möchte, dass wir zum Essen zu Hause sind. Aber wir kommen später rüber, ja?«

»Wir kommen auch nach. Muss noch Rasen mähen und mit dem Hund raus«, schloss sich Jacob an und Mario begnügte sich mit einem schlecht gelaunten Nicken.

Kapitel 3

Huhu, jemand da?« Melli rief eigentlich nur aus Höflichkeit. Mit ziemlicher Sicherheit war jemand da und der hieß Jason. Wenn sie Glück hatte, war auch noch Oma Doro hier, doch das Haus gähnte ihr nur mit seiner aufgeräumten Eleganz leer entgegen. Kein Lebenszeichen. Keine Handwerker. Immerhin. Melli warf ihre Tasche vor den Garderobenschrank, schlüpfte aus den Schuhen und ging barfuß über den glatten Holzboden. Der Pool sollte ein beheizbares Wunderwerk werden, das sich völlig natürlich in den Garten einfügte. Na ja, eines Tages einfügen würde. Noch erinnerte das Ganze an eine schlampig gesicherte Großbaustelle, denn rings um ein ungeheures Loch türmten sich Erdhaufen, Leitungen und Handwerksüberbleibsel. Mitten in dem Durcheinander stand Jason, die Hände tief in die Taschen seiner Shorts vergraben, und machte wie immer eine verdrießliche Miene. »It's a fucking wading pool, ein Drecksloch«, bemerkte er dumpf.

»Was für eine Wedding, bitte schön?«, pflaumte Melli zurück. Sie verstand mal wieder nur Bahnhof und durfte rätseln, was ihr Pool mit Hochzeiten zu tun haben sollte. Außer einer, die ins Wasser fiel, natürlich.

»Nicht wedding, you silly cow, *wading,* es ist für Babys, holy crap«, schimpfte Jason genervt. Neben skypen und schlafen war fluchen sowieso seine Lieblingsbeschäftigung.

»Er ist gigantisch! Fast so groß wie der gesamte Garten. Wenn der fertig ist, müssen wir nie wieder ins Freibad«, verteidigte Melli das Wunderwerk.

»Es ist mini. Für children, ein puddle pool. Wie soll ich da meinen personal record verbessern? Zwei Schwimmzüge und ich bin durch.«

»Wenn Wasser drin ist, sieht es bestimmt besser aus«, meinte Melli versöhnlich, obwohl sie Jason am liebsten einen kräftigen Tritt verpasst hätte, damit er kopfüber in seinen puddle pool flog. Aber plötzlich musste sie an das Referat denken, das sie zur Rettung ihrer Englischnote hatte schreiben müssen. Über »that boring old Shakespeare«, wie sich Jason ausgedrückt hatte. Er hatte ihr geholfen und sie obendrein noch beim Üben des Vortrages abgehört. Ihre Note war mehr als gesichert gewesen. Die Erinnerung stimmte sie milde und verhinderte einen mittelstarken Wutanfall.

»Ich wollte trainieren. Ich war gut, the best, der beste meines Jahrgangs, what a …«, wütend kickte er einen Erdklumpen in die Tiefe.

»Dann geh eben ins Schwimmbad. Ich finde einen Pool im Garten super und meine Freunde auch!«

»Es ist mein Pool, für mich gebaut. Also, bevor du deine Freunde einlädst …« Jason schob sich die Daumen in die Gürtelschlaufen und blickte über die Baustelle, als wäre er ein Großunternehmer, der den Bau eines millionenschweren Hotelkomplexes beaufsichtigte.

Da platzte Melli doch noch der Kragen – Referat hin oder her. Was bildete sich dieser arrogante Mistkerl eigentlich ein! »Ich dachte, du findest ihn popelig? Und babymäßig?«, giftete sie zurück. »Wegen diesem dämlichen Pool verzichten wir nämlich auf unseren Sommerurlaub, falls du es noch nicht bemerkt hast. Anstelle von Camping am Mittelmeer gibt es Gartenpool und Terrasse. Glaubst du vielleicht, das finde ich toll?« Erstaunt hob Jason eine Augenbraue. Doch bevor er etwas erwidern konnte, machte Melli – jetzt so richtig in Fahrt gekommen – weiter. »Und übrigens, du bist hier nicht der einzige Supersportler im Haus. Ich bin mindestens eine ebenso tolle Schwimmerin wie du. Aber ich weiß diese Trainingsmöglichkeit zu schätzen, du Affe. Und ich lade ein, wen ich will, damit das klar ist. Ich lebe hier genauso wie du und habe dieselben Rechte!«

Ein Blick tiefster Verachtung traf sie, bevor Jason sich umdrehte, »Oh, I'm so pissed, mit diesem ganzen Bullshit hier« knurrte und sie einfach stehen ließ. Vermutlich verpisste er sich zu seinem geliebten Notebook, um seinen Superfreunden zu berichten, was für eine verpisste Kuh Melli war. Oh ja, Melli war auch »pissed«, das traf es ziemlich genau.

Schon im Flur lief sie Jason erneut in die Arme. Er band gerade die Joggingschuhe und wollte sich offensichtlich den Frust aus dem Kopf laufen. Noch eine seiner Lieblingsbeschäftigungen: joggen. Wortlos stolzierte sie an ihm vorbei und die Treppen hoch in ihr Paradies. So nannte Lora Mellis neues Zimmer, das ihr jedes Mal ein wohliges Urlaubs-Luxushotelgefühl bescherte, wenn sie es betrat. Allerdings lag es genau neben Jasons Höllenpforte, was ihre Freude ein wenig trübte. Ach, warum konnte er nicht einfach wieder verschwinden! Melli schmiss sich auf ihr Bett, verschränkte die Arme hinter dem Kopf und wartete auf den Knall der Haustür. Da, peng. Endlich war er weg. Jetzt konnte sie mal nachschauen, ob irgendjemand daran gedacht hatte, der allerunwichtigsten Person im ganzen Haushalt ein Mittagessen vorzubereiten. Ihr Weg führte zuerst zum Kühlschrank, aus dem ihr nur eisige Leere entgegenschlug. Ihr Magen antwortete mit einem qualvollen Grummeln. Das war ja wohl das Allerletzte! Seit Männer im Haus waren, neigte sich das Angebot an Essbarem sowieso gegen null. Zumindest was Mellis Geschmack anging. Das übermäßige Fleischangebot führte sie darauf zurück, dass es amerikanische Männer waren, die sich hier breitgemacht hatten. Es widerte sie an, wenn sie sich den Weg zu ihren Joghurts und Gemüsetalern durch Berge von Rinderfilet und Salami bahnen musste. Aber dieses Nichts war noch schrecklicher. Enttäuscht schaute sie in den Backofen und die Mikrowelle. Erst dann fiel ihr auf, dass auf dem Esstisch ein Gedeck mit einem Briefchen lag.

Sieben Herzchen zierten die Nachricht. »Essen im Gefrierfach. Rote Dose, zehn Minuten Mikrowelle, volle Kraft voraus. Indisches Curry, extra mild. Guten Appetit für dich. Hab dich lieb.« Es folgten weitere sieben Herzchen und Oma Doros Unterschriftengeschnörkel. Wenigstens eine, die an Melli dachte.

Pünktlich zum Wochenende verließen die Handwerker das Haus, nachdem sie mit freudigem Hallo den extra dicken Wasserschlauch aufgedreht hatten, der den Pool füllen sollte. Fasziniert stand Melli daneben und beobachtete, wie unerträglich langsam das Wasser den Boden bedeckte und sich millimeterweise am Rand hocharbeitete. »Ich kann's nicht glauben«, jammerte sie. »Heute kommen Lora, Pia und die Jungs und wollen den Pool einweihen. Bis dahin reicht es gerade für ein Fußbad!«

»Kinderplanschbecken, eben«, brummelte jemand neben ihr. Natürlich Jason. Der erntete nur deshalb keinen Rüffel, weil in dem Moment Pam aus dem Haus gelaufen kam. Ihre rechte Hand wedelte mit dem Telefon. »Melli! Lora möchte wissen, ob ihr heute Abend in eure Disco geht und ob ich euch fahren kann. Ich bin aber mit Adrian in der Oper und Kira und Christof sind zum Essen eingeladen. Vielleicht kann Jason euch mit dem Fahrrad begleiten?« Entsetzt starrte Melli Jason an. Das war wirklich das Allerletzte. Jason als Wachhund? Jason in der Teenie-Disco, mit ihren Freunden und Freundinnen?

Jason als Spion! Schon lange nervten Melli Pams penetrante Fragen nach jeder Disco-Veranstaltung und jetzt sah sie wohl endlich eine Möglichkeit, an die ersehnten Infos zu gelangen.

»Das ist nicht nötig, Mam, wir können alleine hinfahren, ist ja nicht weit.«

»Hin schon, aber nicht in der Dunkelheit zurück. Jason, würdest du die Kinder begleiten?«

Kinder! In Melli brodelte es zornig. Wie konnte Pam sie Jason gegenüber als »Kind« bezeichnen. Der war gerade mal zwei Jahre älter als sie!

»Nur hinbringen und abholen oder auch dortbleiben? Und was ist das für eine Disco?«

»Ein Mal im Monat veranstaltet der Club hier eine Disco für ...« Pam verstummte, als sie Mellis dolchartige Blicke spürte. »Also für Teens eben. Die Kinder ...«

»Mam!«, schrie Melli erbost auf.

»Nun, Melli und ihre Freunde dürfen bis zweiundzwanzig Uhr bleiben. Dann holen Kira oder ich sie normalerweise ab. Klappt heute nicht. Es wäre wirklich eine Heldentat, wenn du das übernehmen könntest.«

»Heldentat! Mam, jetzt reicht es aber. Wir können das alleine. Sonst machst du doch auch nicht so einen Aufstand.«

»Jason?«, fragte Pam ungerührt und strafte ihre Tochter mit einem eindringlichen Blick. Ach so, langsam dämmerte Melli, was Pam mit dieser Aktion bezweckte.

Der lonesome, einsame Jason sollte mal raus. Unter Gleichaltrige. Eine Sorge, die Pam und Adrian quälte, seit Jason hier eingetroffen war: Der arme Junge hatte zu wenig Kontakt zu anderen Jugendlichen. Notgedrungen stellte Melli ihren Protest ein.

»Nun ja, es geht wohl nicht anders«, meinte Jason schließlich zögernd. Er schlug Pam selten eine Bitte aus. Ekelhaft, wie geschmeichelt er sich fühlte, als Aufpasser eingesetzt zu werden, auch wenn ihm die Aufgabe noch so widerstrebte. Pam nickte höchst zufrieden. Erst jetzt fiel ihr auf, dass sie noch Lora am Telefon hatte. »Entschuldige, Lora, ich geb dich mal für die Details weiter an Melli.«

»Na prima, was du uns da eingebrockt hast«, schimpfte die sofort los. Schnell brachte sich Melli aus Jasons Hörweite.

»Da kann ich doch nichts dafür. Das soll so ein Sozialprojekt sein. Du hättest ihre Blicke sehen sollen!«, flüsterte sie in den Hörer.

»Trotzdem, das KANN sie nicht ernst meinen, oder?«, keuchte Lora. »Jason als Babysitter! Hat Pam was Falsches zu Mittag gegessen?«

»Sie will, dass er mal rauskommt. Im Grunde ist es so, dass wir auf Jason aufpassen, nur darf er das nicht wissen.«

Es folgte nachdenkliches Schweigen. »Aha, ich glaube, ich habe es kapiert. Das hört sich an, als wäre das was für Pia. Sie kann ihn doch übernehmen, oder?«

»Gute Idee, ich finde sowieso, sie macht sich ziemlich dünne in letzter Zeit. Da schlagen wir quasi zwei Fliegen mit einer Klappe«, pflichtete Melli ihr bei.

»Ja, sie hat mal wieder eine ihrer Phasen. Totale Isolation auf ihrem Zimmer, heimliches Geschreibsel in ihr Tagebuch und lange einsame Spaziergänge.«

»Dann hat die Aktion heute doch was Gutes. Wir schaffen das schon irgendwie, und was mit Pia ist, finden wir auch noch heraus. Tut mir trotzdem leid, dass wir Jason jetzt am Hals haben. Wann kommt ihr denn rüber? Zusammen mit Jacob und Mario?«

»Ne, lieber ein bisschen früher. Wir bringen dann gleich unsere Klamotten für abends mit. Und dann übernachten wir bei dir, ja?«

»Prima, bis später dann.«

Am Nachmittag war der Wasserpegel gerade mal knietief. An Schwimmen brauchten Melli und ihre Freunde keinen Gedanken zu verschwenden. Also ließen sie sich auf dem neu angelegten Holzdeck nieder, picknickten und hörten Musik, bis es Zeit war, sich für das Abendprogramm umzuziehen.

»Da kommt Jason endlich«, rief Pia, fuhr sich durch die Haare und sprang sichtlich erfreut auf. Lora warf Melli einen bedeutungsvollen Blick zu. *Siehst du,* sagte dieser Blick, *siehst du, wie sie sich freut? Was soll man bitte davon halten?*

»Hi, seid ihr ready?«

»Wenn wir uns umgezogen haben, können wir los«, sagte Melli.

»Quark, ist noch viel zu früh. Nur absolute Nullblicker traben dort vor zwanzig Uhr an«, widersprach Mario und rückte seine Sonnenbrille zurecht.

»Die Pfütze taugt niemals zum Trainieren«, konnte es sich Jason nach einem Blick auf den mickrigen Wasserstand nicht verkneifen. Angeber, bestimmt wollte er nur Jacob und Mario beeindrucken.

»Wer redet denn von Trainieren. Wir wollen einfach Spaß haben«, rief Jacob.

»Yes, sure, Spaß. Aber ich denke, Melli trainiert auch.«

»Melli?« Lora riss erstaunt die Augen auf und Jacob und Mario stießen sich kichernd in die Seiten.

»Natürlich, warum sollte sie nicht trainieren, wenn sie die Möglichkeit hat«, meinte Pia beschwichtigend.

»Ja, und ich bin richtig gut«, behauptete Melli nachdrücklich.

Jetzt staunte sogar Pia. »Ich wusste gar nicht, dass du dich überhaupt damit beschäftigst.«

»Tja, ich hab halt auch noch ein Privatleben«, behauptete Melli spitz, da es sowieso zu spät war, um aus der Kiste herauszukommen. Von Jasons hochgezogenen Augenbrauen provoziert, setzte sie trotz ihres Unbehagens noch eins drauf. »Wartet nur ab. Wenn der Pool fertig ist, dann kannst du dich warm anziehen, Jason.«

»Great. Wir machen eine competition, ja?«, nahm Jason mit zusammengekniffenen Augen die Aufforderung an.

»Von mir aus. Wette angenommen!«, sagte Melli kurz entschlossen. Jetzt war es sowieso egal, und wenn sie Glück hatte, vergaßen ihre Freunde in ein paar Tagen den aussichtslosen Wettkampf.

»Bist du irre? Jason ist ein Junge und zwei Jahre älter. Das kannst du vergessen«, meinte Mario, als würde schon die Tatsache, kein Mädchen zu sein, für einen Gewinn ausreichen.

»Ich finde das auch ungerecht. Melli hat null Aussicht auf Erfolg gegen Jason, selbst wenn sie eigentlich besser ist. Er ist größer und stärker und damit schneller«, meinte Lora. Schließlich sagte Pia: »Ist doch egal, wer besser ist. Ich glaube Melli, dass sie trainiert hat. Und dass Jason jeden Sport kann, wissen wir sowieso. Wir brauchen keinen Wettkampf.« Allgemeines Kopfschütteln. Melli war zu weit gegangen und Jason konnte ebenfalls nicht mehr zurück. Die Sache musste ausgetragen werden.

»Wir machen special Regeln«, schlug Jason vor. »Sie bekommt einen Vorsprung. Oder es geht um den Stil. Ihr dürft das festlegen. Das ist gerecht.« Da sah man es mal wieder, grollte Melli verärgert. Jason war sich seiner Sache so sicher, dass er sogar unter miesesten Bedingungen an seinen Sieg glaubte. Na warte, dachte sie drohend, du wirst schon sehen, was du davon hast. Ich hab zwar noch keinen Schimmer, wie ich es anstelle, aber ich kriege das hin, so viel ist sicher.

»Da bin ich aber gespannt. Wir besprechen das am besten kurz vorher«, sagte Lora vorsichtig. »Lasst uns jetzt langsam los, ja? Pia, Melli, wollen wir hoch und uns fertig machen?«

Mario und Jacob verdrehten die Augen und ließen sich zurück auf ihre Handtücher fallen. »Au Mann, das kann dauern. Wir machen noch ein Fitmach-Nickerchen«, stöhnte Mario, hatte aber schon das Handy in der Hand, bevor die Mädchen verschwunden waren.

Oh, verflixte Mistigkeit, was hatte sich Melli da eingebrockt. Langsam trabte sie hinter ihren Freundinnen her und überdachte den Ärger, in den sie sich da gerade großmäulig hineingeredet hatte. Sie hatte keine Ahnung, wie sie gegen Jason auch nur einigermaßen bestehen sollte. Dagegen waren die Bundesjugendspiele und sogar der Lauf gegen Victoria Sandkuchenbacken gewesen.

Als sie sich kurz darauf auf ihr Fahrrad schwang, haderte Melli noch immer mit ihrem Talent, sich in Schwierigkeiten zu bringen. Natürlich konnte sie schwimmen. Aber weil es ihr zu langweilig geworden und die Sache mit dem Rückenkraul-Stil echt kompliziert war, hatte sie es mit dem Silberabzeichen gut sein lassen. Von Verein und Training keine Spur. Das war einfach nur peinlich! Nicht nur Jason hatte sie angeschwindelt, sogar ihre

Freunde erwarteten jetzt eine Wahnsinnsleistung. Sie konnte sich lebhaft ausmalen, wie Lora und Mario versuchten, Mellis Geplansche im Freibad mit ihrer Behauptung zusammenzubringen, eine hervorragende Schwimmerin zu sein. Es half nichts. Wenn sie nicht komplett ihr Gesicht verlieren wollte, musste sie so schnell wie möglich Leistungssportlerin werden. Ab jetzt würde sie trainieren, was das Zeug hielt. Nur wie um alles in der Welt sollte sie innerhalb weniger Tage zur Schwimmkönigin werden?

Als sie beim Club angekommen waren, hatten Mellis Freunde das Thema glücklicherweise vergessen. Vorläufig zumindest. Erleichtert kettete sie ihr Fahrrad mit Loras und Pias zusammen und stürzte sich, ohne weiter auf Jason zu achten, mit den Mädchen ins Getümmel.

»Meeeeelliiieee«, kreischte jemand mit unverwechselbarer Trompetenstimme, kaum hatten sie den Clubraum betreten. Charlie. Natürlich war sie auch hier. Samt rosafarbener Jeans und niedlicher Plüsch-Clutch. Erst vor ein paar Wochen hatte Melli gelernt, dass man so eine Minihandtasche ohne Griff nannte. In ihren Augen total unpraktisch. Wenn sie nur wenig mitzunehmen hatte, stopfte sie das in die Taschen ihrer Jeans, oder wozu waren die sonst da? Für die Hände? Mit Adleraugen hatte Charlie erkannt, wer da hinter Melli herschlurfte. »Jason«, flüsterte Charlie fast andächtig. Melli war augenblicklich uninteressant. Mit einem bezaubernden Lächeln auf den Lippen segelte Charlie an ihr vorbei auf Jason zu. Melli warf den Kopf zurück und suchte nach bekannten Gesichtern.

»Komm«, rief Lora, »dort drüben stehen alle.« Mit »alle« meinte sie die Mädchen aus ihrer Klasse und ein paar aus der Dance-Gruppe im Sportverein. Pia zögerte zunächst, aber nachdem sie sich vergewissert hatte, dass Jason bei Charlie gut aufgehoben war, folgte sie ihren Freundinnen. Die Jungs holten sich Getränke und versammelten sich mit ihren Kumpels vor dem DJ. »Na, da hat dein Bruder ja eine tolle Eroberung gemacht, guckt euch mal Charlie an«, lästerte ein Mädchen. »Seit der Musical-Premiere rennt sie mir wegen Jason hinterher«, jammerte Melli. »Wenigstens nimmt sie die Sache jetzt selbst in die Hand und nervt mich nicht mehr deswegen.«

»Sie scheint ihm zu gefallen.«

Als Melli sah, wie reizend Jason Charlies Lächeln erwiderte, meinte sie verächtlich: »Der braucht das wie seine Energie-Drinks. Ihm fehlen sein Fan-Club, seine Cheerleader-Groupies, sein augenklimperndes Gefolge. Ist eben nur ein Angeber, der gerne im Mittelpunkt steht.« Doch es gab ihr schon einen Stich, wie anders Jason plötzlich wirkte. Wenn er so lächelte, war er wirklich unglaublich süß und nichts erinnerte an das rüpelhafte Ungeheuer, in das er sich zu Hause verwandelte. Kaum zu glauben, dass sie so einen spektakulären Bruder hatte. In ihrer Brust blitzte ein Fünkchen Stolz auf.

»Jeder braucht Freunde«, betonte Pia, die ihrerseits Jason und Charlie keine Sekunde aus den Augen ließ. »Ist es nicht toll, wie er auflebt, wenn jemand freundlich zu ihm ist? Ich finde, wir sollten uns mehr um ihn kümmern und etwas netter sein.«

»Die ist nicht freundlich, die schleimt ihn voll an«, erklärte Lora den Unterschied.

»Willst du damit sagen, dass ich mich nicht bemühe, nett zu sein?«, fragte Melli gereizt. »Und überhaupt, wer kümmert sich darum, wie ich mich fühle? Seit er im Haus ist, höre ich andauernd Storys vom tollen Jason und in Wirklichkeit stresst er nur. Ehrlich, das ist total ungerecht! Wie wäre es zur Abwechslung, wenn er mal nett zu mir ist.«

»Weiß ich doch. Trotzdem sagt Oma Doro immer: *Wie man in den Wald hineinruft, so schallt es auch wieder raus*. Er kann richtig charmant sein, schau mal.«

»Er schauspielert. So ist er never ever in echt«, erwiderte Melli bockig. »Jetzt lasst uns nicht über Jason reden, sondern Spaß haben, ja?«

Kapitel 4

Letztendlich waren es Melli und ihre Cousinen, die an den Aufbruch erinnern mussten. Jason, Jacob und Mario waren in ein heftiges Wortgefecht verstrickt, während Charlie und ein paar andere Mädchen direkt vor ihrer Nase mit wilden Verrenkungen und – stellte Melli schadenfroh fest – ziemlich unrhythmisch tanzten, um die Aufmerksamkeit der Jungs auf sich zu ziehen.

»Du könntest mal bei uns vorbeikommen«, schlug Mario vor, bemüht, die Musik zu übertönen. »Wir sind Gruppenerster, in dieser Saison ungeschlagen! Und wir haben einen Trainer, der war mal in der Nationalmannschaft.« Jason bedachte ihn mit einem mitleidigen Blick.

»Fußball und Karate sind nichts für mich. Ein anderes Niveau.« Sein Blick zeigte deutlich, dass das nicht als Kompliment gemeint war. Mario schnaubte beleidigt.

»Es gibt hier im Ort einen Top-Tennisverein, die liefern immer wieder Spieler für die Landesauswahl.«

»Ich bin Mitglied. Mein Dad ebenso. Aber Tennis mache ich nur zum Spaß, in meiner Freizeit«, lehnte Jason auch diesen Vorschlag ab.

»Und dann gibt es noch den Schwimmverband. Die sollen auch gut sein, habe ich gehört.« Jacob gab nicht so leicht auf. Für irgendetwas musste ein Supersportler wie Jason doch zu begeistern sein.

»Im Wasserball?«, Jason zog die Augenbrauen hoch.

»Ne, im Wasserballett«, stänkerte Jacob, der sich über Jasons Arroganz ärgerte. »Ich dachte, du bist Schwimmer.«

»Vorwiegend Wasserball«, korrigierte Jason. »Da kann man im Allgemeinen auch schwimmen und was sonst noch dazugehört.«

»Jedenfalls ist irgendein Training besser als gar keines. An deiner Stelle würde ich nehmen, was da ist.«

»Ich trainiere lieber gezielt. Jogging, Swimming, Biking und ab und zu ein bisschen Baseball. Nur um mich in Form zu halten. Alles andere just for fun.«

»Melli, dein Jason ist sich zu vornehm für unsere Sportvereine«, beschwerte sich Mario, als er Melli bemerkte.

»Das wundert mich nicht. Er ist sich für so ziemlich alles zu fein. Zum Beispiel Frühstück machen, Müll raustragen ...«, antwortete sie, was ihr einen der teuflischen Jason-Blicke einbrachte.

»Ah, you're talking bullshit«, knurrte er. »Müssen wir schon los?«

»Ich dachte, du passt auf uns auf? Hast du mal auf die Uhr geschaut?«, sagte Melli patzig.

»Bin nur der damn Bodyguard«, sagte Jason und kippte den Rest seiner Cola runter. Dann fiel sein Blick auf die tanzenden Mädchen und auf Charlie, die ihm aufdringlich zuzwinkerte. »Wir könnten noch bleiben, es beginnt doch gerade erst, funny zu werden«, schlug er vor und ergötzte sich an Mellis entrüsteter Miene.

»Aber es ist gleich zehn! Mam bekommt die Krise, wenn ich zu spät komme. Zumal Lora und Pia bei uns übernachten, schon vergessen?«

»Sie sind nicht zu Hause, oder? Wenn ich eine Nachricht schicke, erlaubt Pam es bestimmt.« Das hatte er ziemlich gut begriffen. Melli zweifelte keinen Augenblick daran, dass er bei ihrer Mutter so ziemlich alles erreichen konnte. Sogar die Erlaubnis für verspätetes Nachhausekommen.

»Das würdest du tun?« Melli überlegte nicht lange. Zwar hasste sie es, auf eine Gefälligkeit von Jason angewiesen zu sein, aber noch schlimmer wäre es, jetzt gehen zu müssen. Mit einem schnellen Blick zu Lora und Pia vergewisserte sie sich, dass es für die beiden in Ordnung war.

»Gut, noch eine halbe Stunde, ja? Das wäre super.« Jason nickte und griff nach seinem Mobiltelefon. Innerhalb weniger Minuten hatte er die Antwort: Verlängerung genehmigt. Melli riss die Augen auf. So einfach war das also. Wofür sie Wochen hätte kämpfen müssen, das erreichte Jason mit einer kurzen Handynachricht! Vielleicht war ein großer, sich bei den Eltern einschleimender Bruder doch nicht so schlecht? Insgeheim verbuchte sie ihm einen Pluspunkt auf seinem Sympathiekonto.

»Hey, wo willst du denn schon hin?«, flötete Charlie, nachdem die kostbare halbe Stunde um war und sie sich langsam zum Ausgang durcharbeiteten. Mit einer flotten Drehbewegung landete sie fast in seinen Armen und kicherte dümmlich. »Musst du wirklich gehen?«

»Ich nicht. Diese kleinen Babys müssen nach Hause«, erklärte Jason. Charlie nickte verständnisvoll.

»Ich weiß, die dürfen nie so lange bleiben. Voll überbesorgt, die Alten. Aber finden die nicht alleine nach Hause?«

»No, bin der verf... sorry, der Babysitter.«

»Kommst du später noch mal her?« Abstoßend, wie Charlie mit den Wimpern klimperte, dachte Melli angeekelt. Die hatte sich in Jason verbissen wie Nachbars Terrier in die Waden des Postboten.

»Ich weiß nicht, ob Adrian das erlaubt«, mischte sie sich ein. Jason brauchte dringend den dezenten Hinweis, dass auch er nicht ganz ohne Aufpasser war.

»Nun, wer weiß, vielleicht habe ich wirklich noch Lust. Wir sehen uns«, sagte Jason mit einem vielsagenden Blick auf Charlie, die schneller dahinschmolz als Vanilleeis unter heißen Himbeeren. Melli konnte keine Sekunde länger ertragen, was sich da zwischen Charlie und Jason abspielte. Schnell hakte sie sich bei Lora und Pia unter und zog die beiden zu den Rädern.

»Sag mal, findest du das lustig? Uns so lächerlich zu machen?«, ging Melli auf Jason los, als sie ungeduldig mit ihrem Fahrradschloss kämpfte. »Muss ich nicht viel machen«, grinste er schmutzig und schaute ihr genüsslich dabei zu, wie sie das verklemmte Seil aus den Speichen fingerte. Wie fies er sein konnte! Kaum dass sich ein Mädchen an ihn heranschmiss, ging es ihm zu gut.

»Du bist so bescheuert, weißt du das!«, rief sie. Wütend zog sie ihm wieder zwei Punkte auf dem Sympathiekonto für Stiefbrüder ab.

»Mam?«, rief Melli, kaum dass sie überlaut flüsternd und kichernd zu Hause angekommen waren und durch den Flur stolperten. Aufgedreht und voller Vorfreude auf die Übernachtung war ihre üble Jason-Laune schnell verpufft. Mann, es war dann doch ziemlich spät geworden. Jetzt würde sich beweisen, ob Jason wirklich die geniale Eltern-Ärgervermeidungswaffe war, wie er glaubte.

»Sorry, Pam ist schon im Bett. Kopfschmerzen«, ertönte Adrians Slang aus der Küche. »Deshalb sind wir früher zurückgekommen. Wie war es bei euch? Ihr seid ganz schön spät dran.« Die Frage galt eindeutig seinem Sohn, der sich an Melli vorbei nach oben verdrücken wollte. »Jason, ich habe etwas gefragt. How are you?«, fragte Adrian besorgt und tauchte mit Gummihandschuhen und Küchenschürze bekleidet im Flur auf. Pia fiepte erschrocken, als wäre ihr ein Mitternachtsgespenst erschienen, und löste damit hemmungsloses Prusten bei Melli und Lora aus.

Die drei schauten, dass sie so schnell wie möglich an den beiden Männern vorbei in Mellis Zimmer kamen.

»Okay, warum fragst du?«, hörte Melli Jason mit deutlicher Ablehnung sagen. Kein Wunder, dass Adrian seinen Sohn prompt zu sich in die Küche beorderte.

»Meinst du, wir bekommen doch Ärger?«, fragte Pia verzagt.

»Ne, ich glaube, es geht mal wieder um so ein Vater-Sohn-Thema.«

»Oh nein, Jason leidet schon genug. Warum jetzt, mitten in der Nacht. Kann ihn Adrian nicht einfach mal in Ruhe lassen?«

»Er macht sich Sorgen. Jason benimmt sich total daneben. Er ist supergemein zu Adrian und schmettert alle seine guten Vorschläge ab.«

»Findest du? Ich glaube, ich kann ihn verstehen«, erwiderte Pia.

»Ich schau noch mal kurz bei Mam rein, ja? Vielleicht ist sie noch wach. Klappt ihr schon mal die Gästematratze auf?«

Im Schlafzimmer von Pam und Adrian herrschten tiefe Finsternis und Stille. Leise Atemzüge verrieten Melli, dass Pam schon schlief. Fröstelnd schloss Melli die Tür. Sie fühlte sich plötzlich trotz ihrer Cousinen schrecklich einsam. Anstatt nach dem Lichtschalter zu tasten, huschte sie im Dämmerlicht über den Flur. Noch immer war ihr das nagelneue Haus so fremd, als befände sie sich in einem Hotel. Das Haus war wie ein Paar neuer Schuhe, das eingelaufen werden musste und anfangs schlimme Blasen verursachte. Nichts wie rein in ihr taghell erleuchtetes Zimmer, das sich im Gegensatz zum Rest des Hauses schon an sie angepasst hatte und in dem sie Lora und Pia herumalbern hörte. Doch dann hielt sie inne. Zuerst glaubte sie, die Stimmen kämen aus dem Fernseher, doch dann wurde ihr klar, dass Adrian und Jason in der Küche stritten. Natürlich lauschte man nicht. Aber andererseits konnte so ein Adrian-Jason-Streit durchaus Auswirkungen auf Mellis Leben haben. Mit gemischten Gefühlen setzte sie sich auf den oberen Treppenabsatz und versuchte zu verstehen, worum es bei dem Streit ging. Zu ihrer Enttäuschung fand das Gespräch auf Englisch statt. Logisch eigentlich. Mit gespitzten Ohren versuchte sie, einzelne Worte aufzuschnappen und zu übersetzen, was ganz schön schwierig war. »Friends, sports, boring, Irgendwas-school«, hörte sie sowie die Aufzählung verschiedener Sportarten. Seine übliche Jammertour also. Und – oha – eine Menge Schimpfwörter waren dabei. Die sollte man mal im Englischunterricht durchnehmen, das wäre praxisnah. Jason klang ganz und gar nicht glücklich und seine Stimme wurde immer lauter. Inzwischen brauchte sie sich nicht mehr anzustrengen, um ihn deutlich zu hören. Zum ersten Mal dachte Melli darüber nach, wie es wohl wäre, Lora und Pia hier zurückzulassen, ihre Dance-Gruppe, ihre Klassenkameraden und in ein weit entferntes Land umzuziehen. Ja, sie wäre sicherlich anfangs unglücklich, aber würde sie sich nicht wenigstens etwas anstrengen, neue Freunde zu finden, und nicht ständig miesepetrig Trübsal zu blasen?

»How dare you!«, drang Adrians Stimme überdeutlich

zu Melli nach oben. Gedankenverloren versuchte sie, die Zehen ihres eingeschlafenen Fußes durch Wackeln wiederzubeleben. Empfand sie etwa Mitgefühl mit Jason? Absolut unmöglich! Als Jason wütend »shut up« und eine Menge unverständliches Zeug ausrief, zuckte sie zusammen. Die Küchentür wurde lautstark aufgedonnert. Mit klopfendem Herzen verdrückte sich Melli in ihr Zimmer, schloss die Tür und lehnte sich dagegen, bis sich ihre Beklemmungen lösten. Zuerst Luft holen und beruhigen, sagte sie sich. Wow, das versprach, heftig zu werden in den nächsten Tagen. Bisher hatte nichts darauf hingewiesen, wie stark die Konflikte zwischen Adrian und Jason waren. Mit einem Ruck löste sie sich von der Tür und sah in die verdutzten Mienen von Lora und Pia.

»Doch Geister im Haus? Ich dachte, die gibt's nur in alten Burgen«, fragte Lora.

»Ne, kein Gespenst, nur Jason und Adrian mal wieder. Die zoffen sich ganz schön.«

»Wollte er zurück zur Disco?«

»Ne, eher zurück in die USA. Wir sind unschuldig«, antwortete Melli. »Sie zanken, weil sich Jason langweilt und ihm sein Sport und seine Belohnungssternchen hier fehlen, glaube ich. Du hättest sicherlich mehr verstanden, Lora, sie sprechen englisch.»

»Du hast gelauscht?«

»Das war nicht wirklich notwendig, die beiden waren ziemlich laut. Wundert mich, dass ihr nichts gehört habt.« Lora und Pia schauten sich an und schüttelten den Kopf.

»Ne, wir haben das Bett aufgebaut.« Pia schleppte weitere Kissen herbei und bezog sie mit frischen Laken.

»Tsss, tsss. Vielleicht bist du deinen Jason wirklich bald los«, meinte Lora vieldeutig. Melli nickte: »Richtig, wenn das so weitergeht, schickt ihn Adrian sicher wieder nach Hause. Wer hat schon Lust auf ständigen Stunk.«

»Siehst du, es löst sich alles von selbst.«

»Wie könnt ihr nur so etwas sagen«, tadelte Pia und bewarf die beiden mit Kissen. »Natürlich möchte Adrian seinen Sohn bei sich zu Hause haben.« Wow, Pia regte sich tatsächlich richtig auf. Melli betrachtete sie sprachlos. Ihre zweite Lieblingsfreundin war immer wieder für Überraschungen gut.

Trotzdem wusste Melli, dass das Jason-Problem noch eine ganze Weile bestehen würde. Die Hopp-und-sofort-Lösung würde es nicht geben.

Am nächsten Morgen wurde sie von einer glühenden Sommersonne begrüßt. Lora und Pia schliefen noch tief und fest, was Melli nicht wunderte. Immerhin hatten sie die halbe Nacht gechattet, gekichert und gequatscht. Kaum war Melli einigermaßen wach, fiel ihr wieder die blöde Wette von gestern ein. Sie stöhnte auf. Wie um alles in der Welt sollte sie in wenigen Tagen ordentlich schwimmen lernen? Sie konnte zwar an der Zeit drehen, aber doch nicht zaubern. Und ihr eigenes Talent, da musste sie ehrlich sein, reichte niemals aus, in so kurzer Zeit akzeptable Techniken zu erlernen. Kurze Zeit? Sie fuhr hoch. Das war's! Von wegen kurze Zeit. Jetzt wusste sie, was sie zu tun hatte, um diese leidige Geschichte in den Griff zu bekommen. Behutsam schälte sie sich aus den Decken, denn sie wollte auf keinen Fall ihre Cousinen aufwecken. Ein Zimtkaugummi und ein paar konzentrierte Gedanken verschafften Melli den notwendigen Freiraum.

»Hänge die heutige Pflicht nicht an den morgigen Haken«, bekam sie zu hören und meinte, Amrit aufmunternd nicken zu sehen. Hatte er sie gelobt? Was für ein denkwürdiger Moment. Beschwingt warf sie ihre Badesachen in eine Tasche und radelte zum Freibad. So früh am Morgen waren nur wenige Besucher dort. Ihr Fahrrad warf sie einfach gegen einen der Ständer. Abschließen war unnötig. Schließlich konnte ihr während des Zeitstopps niemand etwas stehlen. Mit einem schnellen Blick auf die Kassiererin schlüpfte sie an einem versteinerten Badegast vorbei durch das Drehkreuz. Ha, so sparte man also Geld für Eintrittskarten. Melli zog eine freche Grimasse zum Kassenhäuschen. Doch ihr Übermut verflüchtigte sich, als sie zu den Umkleidekabinen ging. Unsicher sah sie sich um. Die Stille und die bewegungslosen Menschen wirkten sonderbar. Normalerweise war das Freibad fröhlich lärmend, voller Geplansche und Geschrei. Ihr

Blick streifte eine alte, sehr dicke Frau, die versuchte, in ihre Badelatschen zu schlüpfen, und eine sportliche Dame im dunkelblauen Schwimmanzug, die sich eine Strähne unter die Badekappe stopfte. Da sich Melli nicht sicher war, ob Zeitstopps alle Mitmenschen blind machten, zog sie sich in einer Umkleidekabine um. Mit zaghaften Schritten stakste sie zum Beckenrand. Drei Schwimmer dümpelten an der Wasseroberfläche, als wären sie vergessene Bojen. Langsam ließ sich Melli ins Wasser gleiten. Brr, war das kalt. Sie paddelte ein wenig mit den Beinen und legte los. Zuerst das Kraulen. Spritzend platschten ihre Arme ins Wasser. Stopp, das musste doch besser gehen. Zwei Schwimmzüge gelangen ihr ganz gut, dann sank sie tiefer. Verzweifelt versuchte sie, sich an die beste Atemtechnik zu erinnern. Kopf links, dann rechts, dann atmen ... Wasser drang in ihre Ohren, ihre Augen, ihren Mund, sie schnappte prustend nach Luft.

»Nimm es als Vergnügen und es ist ein Vergnügen, nimm es als Qual und es ist eine Qual«, ließ sich Amrit vernehmen. Na, vielen Dank. Sollte sie es doch lieber mit Brustschwimmen versuchen? Nach der Hälfte des Beckens wechselte sie den Stil und bewältigte schließlich drei Bahnen, bevor sie sich keuchend an den Beckenrand klammerte. Das war ja noch viel fürchterlicher, als sie vermutet hatte. Melli zwang sich, noch vier weitere Bahnen zu meistern, dann gab sie auf. Ohne Hilfe war sie rettungslos verloren und würde zum Gespött ihrer Freun-

de, ihrer Familie, der Schule und vor allem Jasons werden. Niedergeschlagen trocknete sie sich ab. Wo sollte sie jetzt in kürzester Zeit einen Trainer auftreiben? Der Pool war nahezu fertig und sie zappelte im Wasser wie ein Hund beim Stöckchenapportieren? Nicht unterkriegen lassen, Melli, beschwor sie sich. Du brauchst lediglich jemanden, der dir ein paar Kniffe zeigt, und dann wird das schon. *»Der Glaube ist der Vogel, der singt, wenn die Nacht noch dunkel ist«,* bremste Amrit ihre Zuversicht. Ein bisschen mehr Vertrauen und Aufmunterung wären jetzt ganz gut, gab Melli gekränkt zurück, was ihn vorerst verstummen ließ.

Kaum zu Hause angekommen, rieb sie an ihrem Amulett und ließ die Zeit weiterlaufen. Lora und Pia rekelten sich noch im Bett, sodass sie sich eine ausgiebige Dusche gönnte, bevor sie die beiden Schlaffis wach kitzelte. »Los, raus hier, ich habe Hunger«, verlangte sie von den gähnenden Gestalten. »Och, viel zu früh, bestimmt noch vor zwölf Uhr, oder?« Lora rieb sich die Augen. Als auch Pia nur grunzte, sprang Melli nach unten, wo bereits Geschirrgeklapper zu hören war. Pam empfing sie mit tiefen Schatten unter den Augen. »Morgen, Liebes. Ich habe dich gar nicht gehört.«

»Ui, es geht dir wohl nicht so gut, oder?«

»Sommergrippe«, flüsterte Pam gequält und stellte eine Müslischale vor Melli auf den Tisch. »Oder nur meine Migräne. Ich bin gleich wieder im Bett. Hast du gestern gehört, was zwischen Adrian und Jason vorgefallen ist?«

»Sie haben gestritten. Aber ich habe keine Ahnung, um was es ging«, flunkerte Melli. Pam nickte traurig. »Jason hat Heimweh, meint Adrian.« Melli nahm schnell einen Löffel Müsli, um keine Antwort geben zu müssen. Heimweh? Jason? Nein, da machte es sich Pam zu einfach.

Als Pam wieder im Bett verschwunden war, rief Melli ihre Großmutter an. Wenn ihr jemand helfen konnte, nein, helfen musste, dann Oma Doro. Seitdem bei ihr der Fluch ausgebrochen war, hatte Melli eine Art Sorgentelefon-Hotline-Recht, was natürlich auf Oma Doros Gewissensbisse zurückzuführen war. Keine schöne Sache, wenn man für die Zeitzauber-Probleme seiner Enkelin verantwortlich war. Und dann auch noch, weil man einen Verehrer verprellt hatte, was der Sache zusätzlich Würze verlieh.

»Na, hast du schon wieder verschlafen?«, fragte Oma Doro anstelle einer Begrüßung.

»Nein, ich habe heimlich mit dem Schwimmtraining angefangen.«

»Du schwimmst? Um diese Zeit am Wochenende?«

»Oma, ich hab echt ein Problem. Ich, nun ja, ich habe behauptet, dass ich super bin im Schwimmen, und einem Wettkampf zugestimmt. Und jetzt ist es nicht so einfach, wie ich dachte. Ich bin verzweifelt! Hast du eine Idee, wo ich einen Lehrer finde? Einen, der mir am besten noch heute helfen kann?«

»Ich dachte, du konzentrierst dich auf das Tanzen.«

»Schon, nur, na ja«, druckste Melli herum. »Es ist wegen Jason. Der hat sich schon wieder mit seinem Sport so wichtig gemacht, dass ich es einfach nicht mehr ausgehalten habe. Ich habe behauptet, ich wäre ... also, auch eine Art Schwimmstar eben und würde ihm locker davonkraulen«, gestand Melli beschämt. Dröhnendes Lachen drang aus dem Hörer.

»Und jetzt soll ich dir helfen? Weil du geprahlt hast? Wie stellst du dir das bitte vor?«

»Es geht nur darum, Jason zu besiegen«, erklärte Melli.

»Um Himmels willen, Mädchen. Der Kerl ist ein wandelndes Muskelpaket. Willst du dich lächerlich machen? Warum?«

»Weil er sich allen so überlegen fühlt. Ich will ihm einfach zeigen, dass auch andere gut sind.«

»Nun, das verstehe ich. Wenn es auch ganz und gar unnötig ist. Du hast deine Qualitäten und er hat seine. Er trainiert seit Jahren, das kannst du nicht aufholen. Du hättest dir etwas anderes aussuchen sollen, Tanzen beispielsweise, da ist er sicher eine Null.« Natürlich, gestand sich Melli ein, natürlich hatte ihre Oma recht, doch für gute Ratschläge war es zu spät.

»Wenn mir nur jemand zeigt, wie es richtig geht. Die Technik. Also, wenn ich die draufhabe, dann schaffe ich den Rest auch irgendwie.« Nur zwei Atemzüge brauchte Oma Doro, um zu antworten. »Gut. Heute Nachmittag bei mir. Wir gehen zum See, nicht zum Freibad, da ist zu viel Publikum. Zufällig kenne ich genau den Mann, den du brauchst. Und zufällig hat er heute Mittag garantiert nichts Besseres vor, da wir sowieso verabredet sind.«

»Wirklich? Oma, du bist spitze!«

»Das wollen wir mal sehen. Ohne Erfolgsgarantie. Und das nächste Mal überlegst du bitte sehr genau, bevor du unter die Prahlhänse gehst. Schwimmstar, also wirklich, Mädchen.« Melli konnte förmlich sehen, wie ihre Großmutter missbilligend den Kopf schüttelte. Aber immerhin half sie ihr, und das war schließlich, was zählte.

Zufrieden horchte sie auf das Getrampel, das ihre Freundinnen im Flur veranstalteten.

»Hunger«, rief Lora, als sie die Küche stürmten. »Können wir noch was helfen?«, fragte Pia. »Ne, alles fertig«, meinte Melli. Die Frühstücksgewohnheiten ihrer Cousinen kannte sie im Schlaf. Toast oder Croissant mit Schokocreme oder deftigem Belag für Lora, Müsli und Obst für Pia. Ihre Geschmäcker waren so verschieden wie ihr Äußeres. Gar nicht zwillingsmäßig. »Du schaust aus wie eine Henne, die ein Ei gelegt hat«, sagte Lora, als sie sich Saft eingoss.

»Woher weißt du, wie eine Eier legende Henne guckt?«, entgegnete Melli.

»Ich stelle mir das vor. Nach getaner Arbeit betrachtet

sie ihr Werk und ist happy. Genauso wie du. Also, was macht dich so glücklich?«

»Ich weiß jetzt, dass ich Jason wirklich besiegen kann«, sagte Melli gelassen. Lora spuckte ihren Kakao über den Tisch und rang hustend um Atem. »Du musst das nicht tun. Alle werden verstehen, dass du eben ein bisschen übertrieben hast. Niemand wird sich über dich lustig machen, wenn du die Wette zurückziehst. Er ist einfach unbesiegbar. Das weiß wirklich jeder.«

»Quatsch unbesiegbar. Das ist niemand. Ich kann das und ich fange bereits heute mit den Vorbereitungen an, ihr werdet staunen«, sagte Melli mit hocherhobenem Kopf.

Am Nachmittag wartete Oma Doro bereits in Gesellschaft eines beleibten Herrn vor ihrem Haus. Schüchtern näherte sich Melli den beiden und streckte höflich die Hand aus, als ihre Großmutter sie vorstellte. Ihre Hochstimmung und Siegesgewissheit waren verschwunden. Was Melli jetzt brauchte, war ein Strohhalm für ihre Hoffnung, und dieser dickbäuchige, grauhaarige Opa-Typ verkörperte nicht gerade ihren Traumtrainer.

»Das ist Melli. Meine großmäulige Enkelin. Und das ist Herr Schlotterbeck, er kann selbst Katzen das Schwimmen beibringen, sagt er.« Was für ein Name. Mühsam verbarg Melli ihr nervöses Kichern hinter einem Hüsteln, was ihr sofort einen strafenden Oma-Blick eintrug. Ob ihm seine Knie wohl schlotterten? »Heute Abend hast du die Grundregeln gelernt, verlass dich drauf«, behauptete Herr Schlotterbeck.

Eine Stunde später wusste sie, wer hier schlotterte. Nicht ihr beleibter Trainer, auch nicht seine Knie, sondern Melli am ganzen Körper. Vor Erschöpfung und Kälte. Keine Sekunde durfte sie pausieren. Ständig musste sie die Bewegungen wiederholen, bis sie jede einzelne mit schlafwandlerischer Sicherheit beherrschte. Nicht nur im Wasser, sondern tausend Mal als Trockenübung am Ufer, sehr zur Schadenfreude vereinzelter Badegäste. Als sie zumindest den Bruststil zu Herrn Schlotterbecks gnädiger Zufriedenheit umsetzte, jagte er sie bis zur Badeinsel und wieder zurück, bis sie drohte, wie ein Stein unterzugehen. »Es geht nicht mehr«, japste sie und ließ sich ins Gras fallen. »Ich bin völlig fertig.«

»Kurze Pause, dann stoppen wir die Zeit«, gab ihr Trainer nach. »Inzwischen kannst du mir zusehen und dabei etwas lernen.« Er zog sich das T-Shirt über den Kopf, was durch die Rundung seines enormen Bauches ein ziemliches Manöver wurde, und watete zielstrebig ins Wasser. Melli war sich sicher, dass er mit seiner Körperfülle nicht einmal die halbe Strecke zur Badeinsel schaffen würde. Eher würde es zu einer Überschwemmung kommen, als dass Herr Schlotterbeck seinen Seeelefantenkörper weiter als zwanzig Meter beförderte. Eine schnelle Bewegung belehrte sie eines Besseren. Ehe Melli sich's versah, glitt er elegant wie ein Delfin durch das Wasser. Nun gut – elegant wie ein Wal traf es eher, aber immerhin. Hier hatte Melli den lebenden Beweis, dass tatsächlich die richtige Technik der Schlüssel zum Erfolg war. Ihr stockte der Atem, als er sich auf die Holzdielen der Badeinsel zog, sich kurz schüttelte und mit einem vollendeten Kopfsprung wieder in den Fluten verschwand.

»Wow«, sagte sie zu Oma Doro, die mit einem Buch in der Hand auf einem Handtuch saß. »Genau so muss es bei mir auch aussehen, dann bin ich gerettet.«

»Einen derart stattlichen Körperumfang wirst du niemals erreichen, selbst wenn du ununterbrochen Schokolade in dich hineinstopfst«, meinte Doro trocken und legte ihr Buch beiseite. Melli kicherte bei der Vorstellung. »Wenn ich auch nur eine halb so gute Figur mache wie dein Schlotti mit seinem Schwabbelbauch, dann fragt niemand mehr nach meiner Zeit auf hundert Meter.«

»Heinz, ich wusste doch, dass du nichts verlernt hast«, lobte ihre Großmutter ihren Freund, der sich mit einem Duschtuch abmühte, das einfach nicht um seine Körpermitte passen wollte.

»Gelernt ist gelernt, meine Liebe«, antwortete er geschmeichelt und hängte sich das Tuch schließlich um die Schultern. »Was ist mit dir, Melli? Hast du gesehen, was eine solide Beinarbeit bewirkt? Dann kann es ja weitergehen.«

Am Abend wusste Melli, wie sich das perfekte Brustschwimmen anfühlte. Und wie einem zumute war, wenn man den kompletten Nachmittag mit einem gnadenlosen Trainer verbracht hatte. Nahezu jeder Muskel in Armen, Beinen und Rücken meldete Schmerz an. »Und morgen dann das Kraulen«, hörte sie sich sagen. Herr Schlotterbeck lachte. »Wenn du keinen Muskelkater hast, können wir uns morgen wieder treffen. Denk dran, du musst unbedingt deine Beinbewegung optimieren, dann bist du unschlagbar.«

Kapitel 5

Nach dem zweiten Training war klar, dass sich Melli mächtig anstrengen musste, um als ernsthafte Sportlerin durchzugehen. Beim Kraulen erinnerte sie an ein morsches Einbaum-Kajak in höchster Seenot, beim Rückenschwimmen an ein leck geschlagenes U-Boot.

»Nächste Woche will ich Fortschritte sehen. Hier, ich habe dich mit meiner Handykamera aufgenommen. Braucht es noch weitere Worte?« Schlotti hielt ihr sein Smartphone vor die Nase. Zuerst erkannte Melli nur spritzende Fontänen, dann machte sie in dem wirbelnden Wasser und Blubbern ihre Gestalt aus. Auweia. Tatsächlich sah es aus, als würde sie gegen das Ertrinken kämpfen. Oma Doro schaute ihr mit gerunzelter Stirn über die Schulter. »Für die nächste Trainingsstunde besorge ich dir eine Atemmaske. Ich bekomme ja schon Angst nur vom Zusehen.«

»Ah, halb so schlimm«, tröstete Schlotti. »In einem halben Jahr sieht das ganz anders aus, vorausgesetzt du bist fleißig und behältst dein Ziel im Auge.« Ein halbes Jahr! Der Mann hatte Humor. Schon ein paar Wochen waren zu lang. Unter normalen Umständen hätte sie jetzt sofort das Handtuch geschmissen. »Ich schaff das bestimmt, Herr Schlotterbeck!«, sagte sie mit einer Ernsthaftigkeit, die geradezu lächerlich wirkte, angesichts der Aufnahmen. »Ich trainiere einfach in jeder freien Minute.« Melli betonte die MINUTE, damit ihre Großmutter auch bestimmt kapierte, was sie plante. Oh ja, sie würde sich so lange freie Minuten und Stunden schaffen, bis sie es zumindest mit Schlotti aufnehmen konnte – und zwar schon nächste Woche.

Natürlich zehrte das aufwendige Training an Mellis Kraft und Nerven. Mindestens zwei Mal täglich hatte sie sich verordnet. Heute würde sie es am frühen Abend zum dritten Mal zum Freibad schaffen. Melli schaute kurz auf die Uhr. Hm, trotz Zeitzauberei musste sie sich beeilen. In wenigen Minuten würde Pam von der Uni kommen. Jason hing in der Küche herum und mixte einen Eiweiß-Energie-Drink. »Es ist für meinen Elektrolyt-Haushalt und Muskelaufbau. I think, es wäre nicht schlecht auch für dich«, sagte er mit einem tadelnden Blick auf ihre dürren Arme und Beine. Gähn. Melli fand Jasons Muskelaufbau nahezu perfekt, keineswegs hatte er diese komischen Drinks nötig. Ihre höchsteigene Muskelmasse entwickelte sich schlichtweg dramatisch, auch wenn man es noch nicht sehen konnte. Sofern aber Muskelkater ein Hinweis auf Muskelwachstum war, dann aber hallo! Im Moment war es jedoch wichtig, sich schnellstmöglich abzusetzen und noch eine Runde an dieser perfekt harmonischen Armbewegung zu arbeiten, bei der sie heute früh einen regelrechten Durchbruch erlebt hatte.

»Lass mal, Aufbau ist eher was für Jungs. Huch, na so etwas, ich hab mein Handy oben vergessen, bin gleich wieder da!« Sie sprintete in ihr Zimmer, brachte die Zeit zum Stillstand, warf ihren letzten trockenen Badeanzug in eine Tasche und war wie der Wind aus dem Haus.

»Nur tote Fische schwimmen mit dem Strom«, fiel es Amrit ein, vermutlich neigte sich sein Sprichwortvorrat zum Thema »Schwimmen« langsam dem Ende zu. Natürlich hätte sie sich nicht hetzen müssen. Letztendlich war es egal, ob sie die Zeit zehn Minuten oder eine Stunde anhielt, dennoch plagte sie langsam das schlechte Gewissen, dass alle Welt innehalten musste, nur weil Madame Melissa ein kleines Angeberproblem mit ihren Schwimmkünsten hatte.

Aber der Aufwand und die Mühen lohnten sich. Schlotti würde sie nicht wiedererkennen. Wie ein Pfeil pflügte sie durch das Wasser. Zumindest fühlte sie sich pfeilschnell. Endlich hatte sie das Gefühl, ihre Muskeln nicht zu jeder einzelnen Bewegungen zwingen zu müssen. Im Gegenteil, die schienen automatisch die Abläufe zu vollziehen, sodass sie sich voll auf ihre Atmung und Geschwindigkeit konzentrieren konnte. Nur aus Spaß legte sie sechs Bahnen auf ihr normales Pensum obendrauf.

Als sie wenig später nach Hause kam, stopfte sie ihre nassen Sachen in die Wäscherutsche, wie sie die praktische Vorrichtung nannte, die Wäsche direkt vom Flur in der ersten Etage im Keller neben der Waschmaschine ausspuckte. Dann ließ sie den normalen Zeitablauf wieder starten und trödelte gemächlich zurück zur Küche. Halt, ihr Handy. Jason dachte, sie wollte es holen. Also wieder nach oben gesaust und das Ganze von vorne. Eine Nachricht tippend betrat sie die Küche, so als wäre nichts geschehen. Jason kippte gerade seinen Drink in ein Glas, als er innehielt. »Haben wir ein Loch im Dach oder kann man mit deinem mobile auch duschen?«, fragte er. Melli benötigte einen Augenblick, um zu begreifen, was er meinte. Als sein Blick bedeutungsvoll an ihren Haaren kleben blieb, zuckte sie zusammen. Nein, wie bescheuert! Sie hatte vergessen, sich zu trocknen. »Äh, sehr witzig«, stammelte sie. »Ich dachte, ich wasche mich mal schnell.«

»Hast du Ungeziefer im Kopf? Das ist schon das dritte Mal, dass du heute mit nassen Haaren herumläufst.«

»Auf dem Kopf«, korrigierte sie automatisch. »Meinst du Läuse? Natürlich nicht, ich achte auf Hygiene, ich dusche eben gerne und heute stimmt die Frisur einfach nicht.« Tiefe Verlegenheitsröte breitete sich auf ihren Wangen aus.

Ungläubig verzog er sein Gesicht, bevor er sich wieder dem Drink widmete.

»Dann sind die Läuse IN deinem Kopf. So etwas ist krank und du musst zum Psychiater. Außerdem kann sich kein Mensch in einer halben Minute die Haare waschen.«

»Ich schon. Hab sie eben nur unter den Wasserhahn gehalten. Nur weil ich auf mein Aussehen achte, bin ich doch nicht krank«, regte sie sich auf.

»Wer weiß? Lieber mal checken lassen«, sagte Jason unheilschwanger und rührte weiter in seinem Glas.

»So? Aber wenn man ständig dieses Zeug in sich reinkippt, dann ist alles in Ordnung im Oberstübchen, ja?«

»Streitet ihr schon wieder?«, Pam sah müde aus, als sie die Küche betrat. Richtig bedrückt irgendwie, aber wenn man so eine Sommergrippe tagelang mit sich herumschleppte und dann noch ständig Streit zu Hause hatte, war das kein Wunder. »Ne, wir diskutieren, Mam. Setz dich, ich mach heute Abendbrot, ja?«, bot Melli an, der ihre Mutter plötzlich leidtat.

»Schau einfach, was du im Kühlschrank findest.« Seufzend ließ sich Pam auf ihrem Stammplatz nieder, an dem ihr Jason prompt ein Glas Wasser servierte. Mit gecrashtem Eis, Zitronenscheibe UND Melissenblättchen, der mistige Einschleimer.

»Danke, das ist sehr lieb von dir, Jason.« Pam seufzte zufrieden. Ja, prima, Jason war lieb, und dass Melli sich um das Abendessen kümmerte, war selbstverständlich. Laut knallte sie Butter, Teller und Besteck auf den Tisch, um das gefährliche Brodeln in ihrem Innern zu übertönen. »Worüber habt ihr gestritten?«, fragte Pam. »Diskutiert«, verbesserte Melli automatisch. »Sie hat Läuse«, verdrehte Jason den Sachverhalt. Melli warf die Kühlschranktür zu. Wieso erwähnte er bitte jetzt die Läuse? Alle Mütter der Welt bekamen hysterische Anfälle, wenn sie dieses Wort hörten. Der bloße Gedanke an einen möglichen Schädlingsbefall ihrer Kinder bewirkte Panik. Da kam wieder Jasons gesamte Niedertracht zutage. Erst sinnlos an ihr herummeckern, sich danach bei Pam »lieb Kind« machen und dann WUMM, volle Breitseite, Attacke auf Melli. Warum musste er so gehässig sein?

»Blödsinn«, fauchte sie, bevor Pam ein entsetztes IIIHHHH! ausstoßen konnte. »Er hat die Läuse im Kopf und die fressen seinen Verstand weg.« Nur weil Adrian in diesem Augenblick ebenfalls in die Küche kam und unsicher von einem zum anderen schaute, wurde Pam abgelenkt.

»Sie streiten. Ich habe noch nicht ganz begriffen, worum es geht.«

»Wenn etwas an meinem Hirn herumfrisst, dann deine Dummheit«, sagte Jason eben mit herablassendem Ton und ohne seinen Vater zu begrüßen.

»Ach, wer hängt denn den ganzen Tag vor der Glotze und verblödet langsam, aber sicher? Na?«

Pam und Adrian holten gleichzeitig Luft, um das Gezanke zu beenden, doch Jason war schneller. »Blöd ist man, wenn man sich drei Mal am Tag grundlos die Haare wäscht. Vielleicht hast du wirklich einen Knick in dem Schlüssel und bist ein bisschen psycho?« Melli schnappte nach Luft.

»Was geht dich meine Körperpflege an, du Schwachkopf? Und es heißt Sprung, Hohlbirne: Es heißt SPRUNG in der SCHÜSSEL.«

Empört wandte sie sich an Pam. »Siehst du jetzt, weshalb ich ihn nicht hierhaben will? Die Pampelmuse soll sich lieber um seinen eigenen Kram kümmern, anstatt mich zu bespitzeln. Ich habe keine Läuse und ich wasche mich, so oft ich will!«

»Pampelmuse? Was ist das? Meint sie, dass ich ein Mädchen bin?«, fragte Jason in die Runde, bekam aber keine Antwort.

»Mir ist auch aufgefallen, dass du in den letzten drei Tagen fünfzehn Handtücher und deinen kompletten Badeanzug-Bestand aufgebraucht hast, sogar den viel zu kleinen in Rosarot hast du wieder herausgezerrt. Gehst du seit Neuestem in Badesachen duschen?«, hakte Pam unvorsichtigerweise nach. Melli stieg das Blut ins Gesicht, bis sie die Farbe ihres alten Badeanzugs angenommen hatte.

»Ach, bist du jetzt auf seiner Seite, was? Schon die ganze Zeit ist das so. Alles dreht sich nur um Jason. Sogar den Pool will er für sich allein haben, der Mister Hochbegabt. Aber ich hab's euch gesagt, was der kann, bring ich schon lange, wartet nur ab.«

»Melli-Maus, es ist doch völlig unwichtig, wer was besser kann. Hört auf mit diesen Konkurrenzspielchen. Es ist nur so, dass mir die Wäscheberge aufgefallen sind. Bitte achte darauf, nicht so verschwenderisch zu sein, ja?«

Melli-Maus verdrehte die Augen und stieß verächtlich die Luft aus. »Wir versuchen, Jason die Umstellung so einfach wie möglich zu machen. Versteh doch, es ist nicht leicht für ihn. Aber wenn erst die Schule anfängt und er sich dort engagieren kann, dann wird alles besser.«

»Jasons Schule interessiert mich einen feuchten Mist. Ich will, dass er mich in Ruhe lässt. Und er soll einsehen, dass sich nicht nur alles um ihn dreht.«

»Aber es ist doch ganz selbstverständlich, dass wir uns momentan ein bisschen mehr um Jason kümmern. Trotzdem gehört der Pool uns allen, auch das ist klar. Wir verzichten deswegen auf unseren Sommerurlaub, also sollen alle ihren Spaß haben, nicht wahr? Übrigens haben wir vielleicht eine Überraschung für dich, Jason, aber es steht noch nichts fest.« Melli hielt erschrocken die Luft an. Och, bitte nicht, dachte sie entsetzt. Bei der letzten Ankündigung einer Superüberraschung hatte Pam ihr eröffnet, dass sie Adrian heiraten würde, und das war ja wohl die haarsträubendste aller Ideen gewesen. Aber da auch Pam am Rande einer Nervenkrise zu sein schien, hielt sie vorerst den Mund.

»Ich werde nicht auf diese bloody stupid Mickey Mouse School gehen«, ging Jason dazwischen. »Ich habe Formulare für das Internat und werde mich dort bewerben.«

Da wetterte Adrian auch schon los. »Das wirst du nicht, wir haben erst vor ein paar Tagen darüber gesprochen. Ich bin glücklich, dass wir endlich unter einem Dach wohnen, und ich möchte, dass das so bleibt.« Adrian war außer sich. Im Moment schien er alles andere glücklich darüber zu sein, mit seinem Sohn zusammenzuleben. Die beiden mussten diese Diskussion schon hundert Mal geführt haben. Aber ein Internat würde bedeuten, dass Jason von hier wegging! Jason wollte weg, wurde Melli klar. Und das war doch ganz in Mellis Interesse. Nachdenklich kaute sie auf der Lippe. Hm, diese Internatsidee galt es zu unterstützen. Dies war der einzige Punkt, in dem sie mit Jason einer Meinung war. Je mehr sie darüber nachdachte, desto begeisterter wurde sie.

Sie nahm ihren Teller und erhob sich. »Ich muss noch was für die Schule erledigen, bin in meinem Zimmer, ja?« Bevor noch jemand weitere Fragen stellen konnte, düste Melli ab. Verflixter Mist-Jason. Jetzt wollte sie mal sehen, wie Lora die Situation beurteilte.

Ärgerlich, dass weder Lora noch Pia erreichbar waren. Wo steckten die bloß? Melli hämmerte die dritte Nachricht in ihr Handy.

Nur weil sie Loras Besuch erhoffte, war Melli blitzschnell an der Haustür, als es kurz darauf klingelte. Hätte sie geahnt, dass sie dort Charlies breitem Grinsen begegnen würde, hätte sie sich lieber tot gestellt. »Du? Was gibt's? Es ist schon spät«, fragte sie einigermaßen unhöflich. »Ist Schaissn da?«, krakeelte Charlie und trat, ohne zu fragen, in den Flur. Nur weil sich in Melli ein Lachanfall zusammenbraute, drängte sie Charlie nicht wieder hinaus. Das war ein großartiger und überaus angebrachter Name, fand sie. »Schaissn« passte hundertprozentig zu ihrem Brüderchen. Melli riss sich zusammen. »Ja also, der Schaissn ist in seinem Gemach. Sehen wir mal, ob er um diese Uhrzeit noch empfängt.« Sie verbeugte sich übertrieben und machte eine einladende Handbewegung in Richtung Treppe. Eigentlich hätte es gereicht, nach ihrem Bruder zu rufen, doch sie wollte sich Jasons Gesicht nicht entgehen lassen, wenn ihm Charlie gegenüberstand. Mal sehen, was er zu so viel Anhänglichkeit sagen würde. Übertrieben höflich klopfte sie an Jasons Zimmertür und hatte sie schon aufgerissen, als ein knurriges »Yeah?« zu hören war.

»Dein Fanclub verlangt nach dir, Schaissn«, säuselte Melli genüsslich, doch zu ihrer Überraschung breitete sich auf dem Gesicht ihres Stiefbruders ein erfreutes Lächeln aus. Das war unfassbar! Er strahlte! Über den Besuch einer bonbonfarbenen Trantüte wie Charlie! Nicht einmal den wundervollen Witz mit seinem Namen hatte er kapiert. Ohne Melli eines Blickes zu würdigen, laberte Charlie von einer Einladung, die sie abgeben wollte. Dieses Gesäusel war ja unerträglich! Mit einem wohltuenden Knall warf Melli die Tür hinter sich zu. Also echt. Wieso brachte Charlie überhaupt eine Einladung persönlich vorbei? Charlie, für die ein Leben ohne Handynachrichten seinen Sinn verloren hätte? Machte sie etwa eine

Party und lud weder Melli noch ihre Cousinen ein, was eine gigantische Unverschämtheit wäre? Wenn sie jetzt nicht sofort mit Lora redete, würde sie platzen. Melli schickte ihr ein wütendes Smiley auf das Handy und wartete. »Plong«, machte das Ding. Na also. Erwischt.

»Bin eben vom Kieferorthopäden zurück, was gibt's?«

»Ruf mich mal schnell an.«

»Ich ruf an, aber ich kann kaum reden.«

»Loch?«

»Nö, feste Spange.«

»Armes!«

»Sieht okay aus, aber tut weh. Heul!«

»Ich hab die größte Tröst-Story. Rat mal: Was sitzt gerade nebenan und schwänzelt um Jason rum?«

»????«

»Eine Charlie im Liebestaumel!«

»Ich fass es nicht! Was haben die beiden zu reden?«

»Keine Ahnung, ich war nicht willkommen.«

»Ich ruf dich jetzt sofort an. Sekunde.«

Melli drückte den Chat weg und wartete auf den Klingelton. Da, schon war Lora dran.

»Ja, und jetzt kommt das Beste«, sagte Melli anstelle einer Begrüßung. »Nein, zwei Mal Bestes gibt es. Erstens, er hat sich echt GEFREUT, sie zu sehen, kannst du dir das vorstellen? Und zweitens, Achtung, jetzt hebt es dich aus den Ballerinas, sie nennt ihn SCHAISSN.« Atemlose Stille herrschte am anderen Telefon. Dann brach ein derart gewaltiges Kreischen durch den Hörer, dass er Melli fast aus der Hand gerissen wurde. Gemeinsam quiekten sie so lange, bis Pam an die Tür klopfte und Melli bat, etwas ruhiger zu sein.

»Ich kann nicht mehr, Melli, die Spange schmerzt einfach nur noch«, jaulte Lora hilflos und fing schon wieder an zu lachen. »Wenn ich das Pia erzähle, fällt sie um.« Im Nu wich Mellis Lachen einem besorgten Stöhnen. »Oh Lora, ich wäre vorsichtig. So wie sich Pia am Wochenende Jason gegenüber verhalten hat, könnte es sein, dass sie weder die Charlie- noch die Schaissn-Sache lustig findet.«

»Richtig. Macht aber nichts, ich kann sowieso kein Wort mehr sprechen, wir sehen uns.«

»Stopp, es geht noch weiter. Sie hat gesagt, sie will ihm eine Einladung geben. Weißt du von einer Party?«

»Ne«, nuschelte Lora bemüht.

»Frag mal Pia, ob die etwas mitbekommen hat. Ich meine, sie kann doch unmöglich Jason einladen und uns nicht!«

»Geht gar nicht«, stimmte Lora zu. »Ich kümmere mich drum, Gute Nacht.«

Kapitel 6

Treff mich mit Lora«, rief Melli am nächsten Mittag quer durchs Haus, irgendjemand würde sie schon hören. Es war höchste Zeit, ihrem Stil den letzten Schliff zu geben. Schlotti und Oma Doro hatten gestern nicht schlecht gestaunt. Auch Melli war ganz zufrieden. Startsprung: elegant. Brustschwimmen: überdurchschnittlich schnell. Kraulschwimmen: pfeilähnlich. Heute wollte sie im Freibad ein paar Bahnen abarbeiten, um noch sicherer zu werden. Kaum am Abstellplatz für Fahrräder angekommen, stoppte sie die Zeit.

»Ein süßes Wort erfrischt oft mehr als Schatten und Wasser«, bemerkte Amrit, was ja wohl völlig unpassend war. Wie gewohnt nickte sie der versteinerten Kassiererin zu und rechnete fix im Kopf aus, dass sie inzwischen durch ihren Zeitzauber schon eine halbe Jahreskarte gespart hatte. Bevor sich ihr schlechtes Gewissen melden konnte, stürzte sich Melli ins Wasser. Langsam pflügte sie durch das Becken, zwischen den Schwimmern hindurch, die schaukelnd an der Wasseroberfläche trieben. Bei Schwimmzug fünfzehn prallte sie fast mit einem jüngeren Sportler zusammen. »Sorry«, murmelte sie automatisch, doch dann stockte ihr der Atem. »Jason!«, stieß sie hervor und hielt wassertretend neben ihm an. Doch Jason schaute nur leer in die Ferne, den Mund zum

Atemschöpfen geöffnet, den linken Arm für den nächsten Schwimmzug nach vorne gestreckt. »Hehehe«, grinste Melli ein wenig schuftig. Das war wirklich drollig. Sie schwamm in einem Kreis um ihn herum und spritzte ihm mit den Füßen Wasser ins Gesicht. »Hättest du nicht gedacht, dass deine kleine Schwester so was kann, oder, Jason Superheld?« Melli produzierte noch ein paar höhere Wellen und schaute zu, wie er ins Schaukeln geriet. Dann pflügte sie weiter durch das Wasser, mit einer Leichtigkeit, die sie sich nicht zugetraut hätte. Dass Jason ihr – indirekt wenigstens – zuschaute, beflügelte sie zusätzlich. Sie wechselte die Bahn und stieß beim Wenden gegen ein Paar Beine, die ins Wasser baumelten. Einen der Knöchel zierte ein scheußliches rosafarbenes Herz-Bändchen. Melli blickte ungehalten nach oben – zum zweiten Mal kam sie aus ihrem Rhythmus. Charlie. Mit trockenen Engelslocken, neonpinkem Bikini und einer Hand unter dem Popo, damit sie kein blödes Abflussgittermuster auf demselben bekam. In der anderen Hand hielt sie eine Stoppuhr, ihr Blick war starr auf Jason gerichtet. So, so, Jason und Charlie trafen sich im Freibad. War das die rätselhafte Einladung gewesen? Ein Freibadbesuch? Wie originell! Und dann ging Charlie nicht einmal ins Wasser, sondern begnügte sich damit, für Jason den Stoppuhrheini zu spielen und wie eine zimperliche Badenixe am Rand zu posieren? Au Mann, das war hart. So hart, dass Melli sich kurz am Rand hochzog und die

Stoppuhr eine Minute weiterlaufen ließ. Jason würde in tiefste Verzweiflung stürzen oder Charlie für unfähig erklären. Wenigstens diese Genugtuung gönnte sie sich. Obwohl Melli ihr Pensum für heute noch nicht erreicht hatte, brach sie das Training ab und beschloss, zu Lora zu radeln, um ihr die brandheiße Neuigkeit brühwarm zu erzählen.

Natürlich kringelten sich ihre Haare mal wieder feucht um ihr Gesicht, als sie bei Lora ankam. Doch inzwischen vermutete sowieso jeder, dass sie ihr halbes Leben im neuen Pool verbrachte. Sie musste Lora von ihrer Freibadbegegnung berichten, auch wenn die starrköpfig und trotz aller Beweise an Mellis Zeitzauberkünsten zweifelte. Aber heute gab es kein Zurück. Wie sonst hätte sie ihr von dieser ungeheuren Neuigkeit berichten können?

»Lora, du weißt doch, diese Sache mit dem Zeitanhalten und so. Das mit meinem Amulett, ja?«, forschend blickte sie ihrer Cousine ins Gesicht und da war er schon, der erwartete Zweifel.

»Fängst du wieder damit an? Ich dachte, das hätte sich erledigt.«

»Ne, hat es nicht. Im Gegenteil, mit meinem Amulett kann ich die Zeit kontrolliert anhalten und wieder starten, ohne dass jemand etwas bemerkt.« Lora runzelte gereizt die Stirn, sie hasste es, wenn ihre Freundin mit diesem übernatürlichen Blödsinn anfing.

»Ach, Melli. Manchmal bist du mir echt unheimlich mit deinem Esokram. Fast wie Oma Doro, nur noch vieltausendmal schlimmer.« Melli winkte ab. »Wie auch immer, reg dich nicht auf. Ich war also während eines Zeitstopps im Freibad, um ein bisschen für diesen dämlichen Wettbewerb zu üben, da habe ich Jason getroffen. Und wer saß am Beckenrand und hat meinem herzallerliebsten Bruder beim Training zugeschaut? Na?«

»Also, ich beachte jetzt mal dieses ganze Zeitdingens nicht, ja? Du warst also schwimmen und hast Jason mit jemand gesehen. Hm. Wenn du dich so aufregst, kann es nur Rihanna gewesen sein. Oder ein Next Topmodel? Oder, darf ich hoffen, einer von den Jonas Brothers?«, zählte Lora, ohne Atem zu holen, auf.

»Oha, du mit deinem schrägen Musikgeschmack. Ich dachte, du kommst schneller drauf. Blöd für zehn, blond gelockt und ständig in der Jason-Fanmeile«, half Melli weiter. »NEIN!«, kreischte Lora. »Nicht Charlie, oder?«

»Sie hat seine Zeit gestoppt.«

»Hör doch bitte mit diesem Zeitzeugs auf.«

»Nein, mit der Stoppuhr, meine ich.«

»Und deswegen regst du dich auf? Vielleicht haben sie sich zufällig getroffen.«

»Das glaubst du nicht im Ernst.«

»Er hat Geheimnisse?!«, rief Lora empört.

»Hm! Vielleicht war das die rätselhafte Einladung«, nickte Melli vielsagend.

»Das muss ich Pia erzählen. Pia!«, rief Lora gellend, doch es kam keine Antwort. »Da hast du die Nächste, die Geheimnisse hat. Sie schleicht herum und schaut mich an wie Nitro, wenn er am Braten geschlabbert hat. Als hätte sie ein schlechtes Gewissen. Und ich sehe sie immer seltener.«

»Och, mach dir keine Sorgen, wir kriegen schon noch raus, was mit Pia los ist. Kommst du noch mit zu mir?«, fragte Melli, um Lora auf andere Gedanken zu bringen. »Dann können wir mal wieder in den Pool hüpfen.«

»Super, ich such schnell meine und Pias Badesachen zusammen. Schickst du ihr inzwischen eine Nachricht?«

»Melli, Lora!«, wurden sie überschwänglich von Pam begrüßt. »Adrian und ich haben eine ganz großartige Idee, aber kommt erst mal rein.« Melli verdrehte die Augen. Noch einer von Pams Furcht einflößenden grandiosen Einfällen. »Gehen wir alle erst mal zu unserem Schmuckstück, es gibt eine etwas verspätete Einweihung.« Feierlich standen sie um das Gewässer. Pam hatte eine Flasche Tonic und eine Flasche Piccolo-Sekt in der Hand.

»Dürfen wir schon mal rein?«, fragte Lora.

»Erst müssen wir ihn taufen, so wie man das mit Schiffen macht«, verkündete Pam.

»Ist das die Superidee? Du willst Sekt und Tonic Water hineinschütten?«, fragte Melli.

»Nein, aber trinken.« Pam verteilte Gläser und schenkte ein. »Auf unseren Pool! Auf viel Spaß, Wasserschlachten, Abkühlung und natürlich auch Trainingserfolg!«

»Er ist wirklich schön«, meinte Melli.

»Ganz gut«, ließ sich sogar Jason herab. »Wenn auch nicht zum Training, Pam. Unter fünfundzwanzig Meter geht da gar nichts.«

»Ach, du wirfst die Gegenstromanlage an und dann schwimmst du, bis ...«, Pam suchte kurz nach einem passenden Ziel, da fiel ihr Melli ins Wort. »... zurück nach Amerika«, ergänzte sie leise, aber leider hatte es jeder gehört und sie erntete eine Menge böser Blicke. In diesem Augenblick kam Adrian hinzu, der eine verlegene Pia vor sich herschob. »Pia hab ich vor dem Haus gefunden, wir haben wohl das Klingeln überhört. Dann sind wir komplett, oder?« Er nahm Pam sein Glas ab und prostete in die Runde.

»Hast du es schon erzählt?«, fragte er seine Frau.

»Nein, ähm, wollte ich gerade ...«

»Also, sagen wir es gemeinsam, Pam: Wir werden eine große Pooleinweihungsparty veranstalten, und zwar nächstes Wochenende, pünktlich zum Ferienbeginn!« Pam fügte hinzu: »Und ihr müsst alle einladen, die eine Badehose oder einen Badeanzug besitzen, ja? Wir wollen ein rauschendes Fest und jede Menge Getümmel! Jason, auch du kannst alle deine Freunde einladen.« Erwartungsvoll schaute sie in die Runde. »Juhuu, das ist mal wirklich eine gute Idee«, riefen Lora, Melli und Pia und Melli rief am lautesten, da sie einfach nur froh war, dass sich die Superidee nicht als schreckliches Vorhaben entpuppt hatte. Jason hingegen schaute betreten auf seine Füße. Er hat niemanden, den er einladen kann, dachte Melli und knuffte ihn aufmunternd in die Seite. »Keine Sorge, du kannst doch Charlie fragen, die kommt bestimmt.« Jetzt schaute Jason wie ein knurriger Hund. Melli hätte sich nicht gewundert, wenn er nach ihr geschnappt hätte.

»Tut mir leid, dass ich das mit den Freunden gesagt habe, Jason.« Tröstend griff Pam nach Jasons Hand und sah beschwörend zu Adrian. Doch Jason hatte sich schon abgewandt und sein unberührtes Glas einfach stehen lassen.

»Autsch, Mam, da hast du dich aber in die Nesseln gesetzt«, meinte Melli.

»Ach was, die Party wird ihn aufheitern, da bin ich mir sicher, nicht wahr, Adrian?« Adrian schaute ein wenig skeptisch, doch dann riss er sich das T-Shirt über den Kopf und stellte sich an den Pool. »Auf die Plätze, los, Mädels!«

Mit spritzen Schreckensschreien sprangen die Mädchen und Pam zurück. »Wir müssen uns erst umziehen, das ist gemein«, riefen sie und verschwanden ins Haus, um schon kurz darauf wieder am Beckenrand zu stehen. Hand in Hand sprangen sie hinein. Gerade noch konnte sich Melli beherrschen, keinen hocheleganten Schwimmzug zu starten. In den nächsten Tagen sollte sie wirklich sorgsam darauf achten, nur unauffällig herumzuplanschen, damit auch wirklich niemand ihr neues Schwimmtalent erahnen konnte. Denn so viel war klar: Die Party war genau der richtige Zeitpunkt, die Bombe platzen zu lassen. Sie paddelte zu Lora, die die arme Pia mit Wassermassen bespritzte, bis sie um Gnade bat. »Weißt du, was?«, fragte sie. »Jetzt haben wir Jason gar nicht auf Charlie angesprochen.«

»Ach«, lachte Lora, »egal, soll er sich doch mit seiner Barbie-Charlie treffen, wann und wo er will. Oder, Pia, das ist uns doch wurscht?« Aber Pia war weggetaucht und verließ den Pool mit schweren Schritten. Schulterzuckend schauten sich Melli und Lora an. »Ist sie jetzt sauer oder was? Wegen dem bisschen Wasser?«, fragte Melli.

»Ne, ich glaube, sie ist einfach zur Zeit schlecht drauf.« Lora schwamm an den Beckenrand. »Ich seh mal besser nach ihr.« Melli nickte und blickte sich um. Pam und Adrian planschten wie die Kinder am anderen Ecke des Beckens. Ein komisches Gefühl war das. So alleine. Mit Pam und Adrian. Schnell zog sie sich ebenfalls aus dem Wasser und wickelte sich in eines der großen Badetücher. Oh Mann, warum konnte nicht alles so einfach sein wie früher?

Kapitel 7

Schon wieder stand Charlies Fahrrad vor der Haustür. Übellaunig schloss Melli die Tür auf. Diese dämliche Kuh ging ihr allmählich auf den Geist. Ständig machte sie sich in ihrem Zuhause breit. Das ließ sich nicht einmal mit dem Pool erklären, seit dessen Eröffnung eigentlich jeden Nachmittag badewütige Gäste an der Tür klingelten. Melli fiel es immer schwerer, nur darin herumzuplanschen, und sie überlegte täglich mindestens zehn Mal, ob sie nun endlich Jason herausfordern sollte. Doch kurz vorher verließ sie jedes Mal der Mut. Nun gut, letztendlich war das eingetreten, was Pam und Adrian für ihren geliebten Jason gewollt hatten: Freunde anlocken und eine zusätzliche Sportmöglichkeit schaffen. Heute würde die komplette Gang kommen. Jacob und Mario trauten sich sowieso nur noch zu zweit zu Melli und suchten immer mehr den Kontakt zu Jason. Jungs eben, die hielten zusammen. Lora vermutete sogar, die beiden hätten Angst, man könnte sie für Paare halten. Also Melli und Mario oder Jacob oder jeweils Lora und Pia mit einem der Jungs. Natürlich war Melli in schallendes Gelächter ausgebrochen, denn weder Mario noch Jacob konnte sie sich als richtigen Freund von irgendjemandem vorstellen. So mit Händchenhalten oder Knutschen und so. Absolut lachhafte Idee.

Stirnrunzelnd schob Melli Charlies Schultasche zur Seite, damit sie ihre Schuhe abstellen konnte. Sie dachte daran, dass Pia sich heute in der Schule wieder so seltsam verhalten hatte. Irgendwie abwesend, träumerisch. Vielleicht hatte sie sich verliebt. Melli musste grinsen. Ja, Pia war mit Sicherheit die Erste von ihnen, die sich ernsthaft verlieben würde. Automatisch griff sie nach dem Briefkastenschlüssel und holte die Post heraus. War sowieso nie etwas für sie dabei, aber sie liebte es, Pams Zeitschriften und die Modeprospekte durchzublättern. Für Melli war auch eine Zeitschrift abonniert: ein englischsprachiges Mädchenmagazin, von dem sie im besten Fall die Foto-Lovestory verstand.

Sie sortierte die Post auf Häufchen nach den Empfängern und erstarrte. Nanu, ein Umschlag für Jason. Ohne Marke und Absender. Nur »Jason« stand vorne drauf. Geschrieben in einer schnörkeligen Handschrift, die Melli nicht zuordnen konnte. Sie drehte, wendete und beschnupperte den Umschlag, wie sie es einmal in einem alten Film gesehen hatte. Gift oder Sprengstoff konnte sie nicht erkennen. Vielleicht Fanpost? Ein Liebesbrief? Sie kämpfte gegen die dringende Versuchung an, einen Blick hineinzuwerfen. Der Brief war mit Klebestreifen geradezu versiegelt. Niemals hätte sie ihn unbemerkt öffnen können. Demonstrativ legte sie ihn auf das Sideboard im Flur. Jason sollte wissen, dass sie den Umschlag gesehen hatte. Am liebsten hätte sie ihn gleich nach oben gebracht und vor Charlies Augen Jason an den Kopf geworfen. Aus dem Garten hörte sie Kreischen, Johlen und ein entzücktes »Schaissn«. Ach so, keiner oben, alle draußen. Nein, auf die beiden hatte Melli wirklich keine Lust.

Nach einem kurzen Abstecher in die Küche schleppte sie Vorräte für einen ganzen Nachmittag und ihre Tasche nach oben. Nicht einmal Hausaufgaben waren zu erledigen. In der Schule lief seit Tagen so gut wie nichts mehr, sie saßen mehr oder weniger die Stunden ab. Melli beschloss, noch mal zu trainieren. Noch zwei Tage bis zur großen Party und ihrer Familie und ihren Freunden würden die Augen aus dem Kopf fallen.

Sie riss das Fenster auf und beugte sich hinaus. Unten im Garten spielten Charlie und Jason eine Art Badminton, wobei Charlie mehr die Luft verprügelte und kicherte, als Jason den Ball zurückzuspielen.

»Bin wieder da, nur dass du Bescheid weißt«, brüllte sie hinunter und warf das Fenster schnell zu, bevor er antworten konnte. So, damit hatte deren Ausgelassenheit wohl auch einen Dämpfer abbekommen. Jetzt aber schnell. Zusatztraining. Die Gang hatte sich für später angekündigt. Mit Amrits verwirrend sinnlosen Kommentaren im Kopf sauste sie auf dem Fahrrad davon. Wer bitte fing schon etwas mit Sprüchen an wie *»Bei schlechter Verdauung ist Wasser Arznei, bei guter verleiht es Kraft, während des Essens ist es Nektar und danach vertreibt es das Gift«*.

Unglücklicherweise brachte Jason gerade Charlie zur Tür, als sich Melli zum Föhnen ins Badezimmer schleichen wollte. Schon wieder ertappte er sie mit nassen Haaren und musste natürlich darauf herumreiten. »Hey Melli, mal wieder geduscht? Bist du dir sicher, dass du nicht krank bist?«

»Meine Freunde kommen gleich zum Baden. Ich kann doch nicht den ganzen Schulschweiß ins Wasser mitnehmen, das wäre eklig«, erklärte sie von oben herab. Dann betrachtete sie Charlie, die unschlüssig wartete. »Möchtest du nicht noch bleiben?«, säuselte Melli zuckersüß, doch da lief schon die Gang ein und es kam zu einem kurzen Gedränge im Flur.

»Passt bloß auf, ich hab mir den Zeh aufgestoßen«, schrie Charlie über den Begrüßungslärm hinweg und zeigte Melli einen blutigen Zehennagel. »Ihhhh«, machte Melli und Lora verzog angeekelt das Gesicht.

»Aber sie ist very tapfer«, kommentierte Jason den Zustand seiner neuen Freundin. »Sie ist eine ziemlich coole, flotte Schnalle.«

Entgeistert verstummte das Palaver, die Gang tauschte blitzschnell Blicke. Sie hatten richtig gehört. Das meinte Jason doch nicht im Ernst! Charlie schnappte nach Luft, Lora prustete als Erste los, gefolgt von Mario und Jacob. Pia und Melli unterdrückten ihr Lachen mit gequältem Schnaufen, nur Jason begriff nichts. Leichte Röte war ihm ins Gesicht gestiegen, langsam wurde er unruhig.

»Was ist los, habe ich etwas Falsches gesagt? Was ist so lustig?«

»Was wolltest du denn sagen?«, fragte Pia freundlich.

»Na ja, dass Charlie supertapfer ist, toll eben. Ich find's cool, dass sie hier nicht rumheult.«

»Flotte Schnalle«, keuchte Mario, »oh Mann, das wird der Brüller des Jahres.«

»Flotte Schnalle, darf ich Euch zu Eurer Kutsche führen?«, wieherte Jacob und reichte der kalkweißen Charlie seinen Arm. Doch dann brüllte er erneut los, hielt sich den Bauch und klopfte sich auf die Schenkel. »Schaissns flotte Schnalle«, rief Melli mit Tränen in den Augen. Sie hielt sich an Lora fest, die nach Luft schnappte.

»Jetzt lasst doch mal. Das kann doch jedem passieren«, wandte Pia ein.

»Nee, so etwas ... passiert nur Schai...«, bekam Melli mühsam zwischen zwei Atemzügen heraus. Ein Lachkrampf der übelsten Sorte hatte sie befallen.

»Charlie, sei nicht böse, ja? Jason wollte bestimmt etwas Nettes sagen«, versuchte Pia weiter.

»Schon gut, ich nehm ihm das nicht übel, aber das Gekreische hier, das finde ich übertrieben«, sagte Charlie eingeschnappt.

»Melli. Lora, jetzt hört doch mal auf«, rief Pia fast am Verzweifeln.

»Ach, get off my back«, knurrte Jason, doch dann grinste er plötzlich schief, als er in die hochroten, lachtränenüberströmten Gesichter der anderen schaute. »Was habe ich eigentlich so Komisches gesagt?«

»Na ja, in etwa *du tolle Tussi.* Also flott hat man früher zu gut aussehenden, sehr, äh, lebenslustigen Frauen gesagt, und Schnalle, ehrlich, das ist auch vollkommen out, eine Frau, die nicht sehr vornehm und ein wenig blöd ist, würde ich sagen«, druckste Pia an einer Erklärung herum.

»Also total daneben?«

»Total«, stimmte Pia mit einem herzerweichend lieben Lächeln zu.

»Oh good God, Charlie, sorry, ja? Ich sollte nicht so viele deutsche Romane lesen. Oder nur die richtigen. Your literature taugt wohl nicht für den Alltag.«

»Ne«, kicherte Lora, »offensichtlich nicht.«

»Na dann, flotte Schnalle, mach's gut, wir sehen uns am Wochenende«, erklärte Melli und streckte Charlie die Hand entgegen. Charlie sah sie beleidigt an, küsste Jason mit großem Abstand links und rechts neben das Ohr und verließ den Ort ihrer Scham.

»Können wir jetzt ins Wasser?«, fragte Jacob.

»Ja, dann mal los«, schnaufte Melli mit letzter Kraft und trat zur Seite. »Ich hole noch Getränke und Musik. Jason hat eine Party-App auf seinem *Tablet,* vielleicht könnt ihr euch das anschauen? Man kann sich Playlists zusammenstellen oder Partymusik darüber einfach abspielen, das wär doch was, oder?«

Kapitel 8

Irgendwann ließ Melli die Haustür einfach offen. Andauernd jemanden hereinzulassen, war auf die Dauer zu anstrengend. Sonst würde sie gar nicht mehr dazu kommen, die neuen Gäste mit Getränken zu versorgen und zum Pool zu führen. Fast alle Freunde waren schon da, ohne Ausnahme in Ferienlaune, ausgelassen und fest entschlossen, so zu feiern wie noch nie.

»Bald ist kein Wasser mehr im Pool, so viele Leute sind da schon drin«, seufzte Lora. Melli drückte kurz ihren Arm. »Genau so sollte es doch sein, oder?« Sie fühlte sich prima in ihrem neuen Bikini, über dem sie ein transparentes Blumenhemd trug. Wirbelnd bewegte sie sich zwischen ihren Freunden und fühlte sich in ihrem Element. Wie gut die allgemeine Bewunderung tat. Selbst war sie noch gar nicht im Wasser gewesen. Diesen großen Moment wollte sie so richtig genießen, wenn alle anwesend waren. Vor allem Jason. »Hast du unsere Hauptperson gesehen?«, fragte sie Lora, die den Kopf schüttelte.

»Irgendwie habe ich den Überblick verloren, ich hol mir was zu trinken, dann übernehme ich die Bar.«

»Gut, ich geh mal nach ihm schauen, jede Menge Leute haben schon nach unserem tollen Jason gefragt. Als hätten wir ein neues Auto, das jeder sehen möchte.« Einen kleinen Umweg über Mario und Jacob legte Melli aber noch ein. Innerhalb von zwei Tagen hatten die beiden eine Playlist angelegt, die für eine Vierundzwanzig-Stunden-Nonstop-Party reichte. Jetzt hingen sie über Jasons *Tablet* und feilten an der Auswahl. »Ich dachte, das Gerät kann das alleine«, stichelte Melli.

»Bin gleich fertig, aber ein bisschen Steuerung muss sein.« Mit der Zungenspitze zwischen den Zähnen wischte Mario auf dem Display herum.

»Ich find's super. Bitte nicht lauter, sonst müssen sich die Gäste anschreien«, erklärte Melli.

»Ja klar, aber wir haben noch ein bisschen Guthaben von Adrian bekommen. Damit suchen wir ein paar neue Songs aus.« Melli erkannte, dass sie hier entbehrlich war. Wenn Jacob und Mario ein technisches Gerät mit Display in der Hand hatten, vergaßen sie die Welt um sich herum. Mann, sie wollte endlich ins Wasser. Zeigen, wofür sie in den letzten Tagen gearbeitet hatte wie ein Olympia-Teilnehmer vor dem Wettkampf. Aber davor musste sie Jason auftreiben, der sich vermutlich in sein Zimmer verkrochen hatte. Ohne seine geliebte Charlie würde er überhaupt nicht auftauchen, vermutete Melli. Doch bevor sie einen Schritt machen konnte, erscholl ohrenbetäubendes Weinen, das sogar den Partylärm übertönte. Wie der Blitz rannte Melli in Richtung Geschrei. »Sie ist in eine Biene getreten, weil sie nie Schuhe anziehen will«, rief Annika, deren kleine Schwester diese unglaublichen Töne von sich gab. Durch nichts ließ sie sich trösten, jeder Versuch wurde mit noch lauterem Gebrüll belohnt. Lora war schon unterwegs, um Salbe und Eis zu holen – eines zum Kühlen und eines zum Trösten –, also konnte Melli hier nicht mehr tun, obwohl ihr die Kleine leidtat. Entschlossen stampfte sie nach oben zu Jason. Doch ehe sie mit der Faust an seine Tür donnern konnte, hörte sie Stimmen aus dem Elternschlafzimmer. Unfreundliche Stimmen.

»Du setzt ihn unter Druck! Wie soll er sich in der kurzen Zeit zu Hause fühlen? Er braucht einfach noch ein wenig.«

»Dann erklär mir bitte, warum er jetzt auf dieses verdammte Internat möchte. Ohne auch nur den Versuch unternommen zu haben, sich einzugewöhnen. Stattdessen ist er undankbar, obwohl wir ihm alle Wünsche erfüllt haben, alle.«

»Dein Sohn kennt nichts anderes. Er vermisst seine Freunde, seinen Sport, seine Anforderungen. Der Junge läuft in einem anderen Gang, Adrian. So eine Art Supermodus. Er wird krank vor Langeweile.«

»Dieses Internat kommt nicht infrage. Das habe ich ihm vorhin deutlich gesagt. Jetzt, wo wir endlich wie eine richtige Familie leben können, möchte ich ihn bei mir haben.«

»Du tust ihm damit keinen Gefallen, Adrian, daran hättest du schon vor Jahren arbeiten sollen.«

Die Schlafzimmertür öffnete sich geräuschvoll und Melli floh in ihr Zimmer. Mistiges Thema. Ausgerechnet heute mussten die beiden darüber streiten. Offensichtlich waren inzwischen nicht nur Jason und Adrian unterschiedlicher Meinung, der Streit hatte sich auf Pam ausgeweitet, die sich für Jason einsetzte. Dafür, dass er auf sein heiß geliebtes Internat gehen konnte. Immerhin, das war ganz in Mellis Sinn. Aber konnte man das vielleicht an einem anderen Tag ausdiskutieren? Heute wollte sie, Melli, im Mittelpunkt stehen.

Als keine Schritte mehr zu hören waren, schlich sie wieder nach draußen. Die Jason-Suche gab sie vorerst auf. Wenn der sich mit hundsmiserabler Laune verstecken wollte, nur zu, dann gab sie ihr Schwimmdebüt eben ohne ihn. Hauptsache, Pam und Adrian waren dabei, am besten noch ihre Cousinen, Tante Kira, Onkel Christof, die Jungs und, hach, mindestens die Hälfte der Weltbevölkerung.

Ihre Mutter fand Melli vor der Küche, wo sie Charlie samt der Clique um Nadine begrüßte. Pam sah ziemlich unglücklich aus, kein Wunder nach dem Gespräch. Höchste Zeit, sie auf andere Gedanken zu bringen. »Hallo Charlie, hi Nadine«, rief sie laut, schnappte sich die beiden und schob sie durch das Haus zum Garten. »Charlie, da lang, Getränke verteilt Lora, fürs Essen ist meine Mutter zuständig und viel Spaß.« Sie schaute kurz bei Lora vorbei, die in ihrem Element war. »Wo ist Pia? Die fehlt noch.«

»Keine Ahnung, sie wollte mit meinen Eltern kommen, aber die sind schon lange hier. Für Pa musste ich zwei

Stück Sahnetorte zurücklegen, du kannst dir vorstellen, wie Mama geschaut hat.« Lora kicherte und jonglierte zwei Flaschen. »Ich kann jetzt sogar schon einen Hugo, Alex und Mad Max und sogar eine Grüne Wiese mixen, natürlich alkoholfrei, willst du mal?«

»Ne danke, ich muss endlich ins Wasser, kommst du mit?«

»Bist du verrückt? Ich kann doch meinen Posten nicht verlassen. Im Nu stürzen sich zehn Weiber drauf, die mir meinen Job wegnehmen wollen.« Lora setzte ein Gesicht auf, das nicht nur jeden vertreiben würde, der es auf ihren Posten abgesehen hatte, sondern auch ihre Kundschaft. Melli hängte ihre Bluse neben Lora über einen Stuhl und stolzierte zum Pool. Na ja, es war ziemlich voll. Gerade, als sie zum Sprung ansetzte, ertönten eine fürchterliche Schimpfkanonade und wildes Geschrei, eindeutig Marios und Jacobs Stimmen. »Welcher verwanzte Idiot war das? Meine Boxen, mein *Tablet,* die Fernsteuerung, Mario, ein Lappen, ein Handtuch, ich werd wahnsinnig!« Ein irres Brüllen löste die Flüche ab. »Ich dreh ihm den Hals um, komm sofort her, du Scheißkröte, du Wicht, du Dummschlumpf, das bezahlst du doppelt und dreifach, wenn ich dich erwische, erlebst du deinen Albtraum!«, ging es nahtlos weiter. Den eleganten Startsprung musste Melli wohl auf später verschieben.

»Was ist los?« Lora und zwei Jungs aus der Klasse versuchten, Mario und Jacob zu bändigen, die mit erhobenen

Fäusten einer Gruppe von jüngeren Kindern hinterherjagen wollten. Eben bahnte sich Adrian einen Weg durch die Gaffer. »Mario!« Melli griff nach Marios Arm und versuchte, in sein wutverzerrtes Gesicht zu schauen.

»Diese Missgeburten werfen mit Wasserbomben und eine hat unsere Boxen getroffen und die Anlage bespritzt. Volle Breitseite, Totalschaden, nichts mehr zu retten!«, stieß er hervor, außer sich vor Wut, und zeigte auf ein paar kleine Jungs, die verängstigt herüberstarrten. »Als ich ihnen gesagt habe, sie sollen doch woanders spielen, haben sie mich mit der Wasserpistole abgeschossen«, erzählte Jacob, der über seinem Verstärker kniete und das Handtuch in alle Ritzen stopfte, um das Wasser abzusaugen.

»Wir bauen ab und versuchen, die Anlage drinnen zu trocknen, ja? Für Musik muss jetzt erst mal das Radio sorgen. Sorry, Jungs, zur Not melden wir es der Versicherung, das wird schon.« Adrian schnappte sich zwei Boxen und die verzweifelten DJs mit ihren Geräten und verzog sich ins Haus. Missmutig starrte Melli ihnen nach. Toll. Damit waren bis auf Weiteres nicht nur drei Zuschauer verschwunden, sondern auch die gute Stimmung. Man hätte Wasserpistolen und Bomben aller Art gleich verbieten sollen. Langsam wurde das Publikum dünn, aber es half nichts. Schon allein um die Gäste von dem Unglück abzulenken, musste sie ins Becken. Mit einem »Jeeeeeetzt aber los!« stürzte sie sich in die Fluten, wenig elegant, aber mit ansteckender Begeisterung.

Ob ihre Schwimmzüge wohl zur Geltung kamen oder war ihre Mühe umsonst gewesen? Wie ein Fisch schoss Melli zwischen den Badenden hindurch und glitt anmutig dahin – bis sie durch einen gezielten Wasserball gebremst wurde. »Hey«, rief sie empört. »Was heißt da hey«, rief Jacob, »wirf ihn mir zurück!«

»Wieder alles klar mit der Musik?«, fragte sie besorgt. »Keine Spur. Mario heult wie der Hund von Baskerville und Adrian versucht, die Versicherung zu erreichen. Aber sonst alles bestens.« Er sprang in hohem Bogen ab und klatschte neben Melli ins Becken. »Toll«, keuchte die, als sie Wasser aus Nase und Mund geprustet hatte, »kannst du deine Spielchen vielleicht an anderer Stelle ....« Ein erneuter Spritzer brachte sie zum Schweigen. »Hey, wie wäre es mit einem Wasserballturnier?«, fragte Jacob. »Wo steckt denn unser Supertalent? Ich würde wirklich mal gerne gegen einen Profi spielen.«

»Keine Ahnung. Hängt der nicht mit Charlie rum?« Aber auch die musste Melli zuerst suchen. Schließlich entdeckte sie Charlie mit sauertöpfischer Miene und einem riesigen Trost-Kuchenberg im hinteren Teil des Gartens. Nadine und zwei Mädchen aus der 6d leisteten ihr Gesellschaft und trockneten ihre Tränen. »Charlie? Ich suche Jason. Wir wollen ein Wasserballturnier veranstalten, da brauchen wir ihn in unserer Mannschaft«, sagte Melli ziemlich taktlos, denn ihrer Meinung nach kümmerten sich bereits genug Leute um Charlies Tränen.

»Er hat sich nur ganz kurz blicken lassen und mich überhaupt nicht beachtet«, heulte Charlie auf. »Das ist voll fies, weil ich mir extra einen neuen Bikini und wasserfeste Mascara gekauft habe! Und jetzt hat auch noch mein T-Shirt ein Loch und ich habe fiese Kratzer! Schau mal. Daran ist deine blöde Cousine schuld!« Vorwurfsvoll zog Charlie an ihrem Ausschnitt, der an mehreren Stellen eingerissen war und nur notdürftig rote Kratzspuren an ihrer Schulter verdeckte.

»Äh, was ist los? Und wann war das?«

»Gleich, nachdem wir gekommen sind, also so vor einer Stunde, da haben wir Jason getroffen«, half Nadine weiter und nahm Charlies Hand. »Jason hat uns kaum beachtet, ist wieder ins Haus gerannt, und das war's.«

»Ne«, jammerte Charlie, »ich bin ihm nach und er hat mir so einen Packen Briefe gezeigt, die ich ihm angeblich geschrieben hätte. Als ob ich Briefe schreiben würde! Ich schick höchstens eine Nachricht aufs Handy.«

Der geheimnisvolle Brief! Gespannt horchte Melli auf. Hatte Jason etwa mehr als nur einen davon bekommen? Und gedacht, Charlie wäre die Absenderin? Nun, da hätte sie ihm weiterhelfen können. Im Leben nicht wäre Charlie imstande, einen kompletten Brief zu schreiben, und wenn, hätte sie zumindest rosa Papier verwendet. Zu Charlie meinte sie trocken: »Was stand denn in den Briefen? War er sauer?«

»Total. Auf mich und ich weiß nicht einmal, weshalb.

Ich kann doch nichts dafür, dass er anonyme Briefe erhält, die ich nicht geschrieben habe. Ich hätte ganz dick meinen Namen draufgeschrieben, das kannst du glauben. Und hübscheres Briefpapier verwendet. Sie haben ihm aber trotzdem gefallen!«, heulte Charlie in einer Lautstärke, dass man denken konnte, eine Horde Gespenster sei im Anmarsch. Nadine fütterte sie schnell mit dem letzten Kuchenstück, was das unheimliche Geräusch stoppte.

Ein ganzer Packen Briefe! Und dazu noch mit erfreulichem Inhalt. Wer machte denn so etwas? Melli konnte es nicht fassen. Sie musste Jason unbedingt finden. Jacobs Wasserballturnier konnte warten. Gerade, als sie ihm ihre erfolglose Suche melden wollte, kam ihr Lora entgegen.

»Die vermissten Personen häufen sich. Pia ist verschwunden«, sagte sie im Ton eines Fernsehkommissars nach dem Fund der dritten Leiche. »Ich wusste gar nicht, dass sie gekommen ist«, wunderte sich Melli. Wo war sie nur mit ihrem Kopf gewesen, wenn sie nicht einmal bemerkte, dass ihre zweit heiß geliebteste Cousine abwesend war. Das schlechte Gewissen überrollte sie mit dem Gewicht eines schwer beladenen Lkws.

»Sie hat sich mit Charlie gestritten. Ich mache mir eh schon Sorgen und dann dieser Auftritt.«

»Auftritt? Streit? Warst du dabei? Charlies T-Shirt hättest du sehen sollen. Sie sah aus, als hätte sie mit einem

Löwen um das Mittagessen gekämpft.« Melli hatte wirklich überhaupt nichts mitbekommen!

»Sie ist mit Charlie aneinandergeraten. Ich war ja nicht dabei, aber es muss richtig zur Sache gegangen sein. Pia hat wohl versucht, Jason etwas zu erzählen, und Charlie hat sie einfach zur Seite geschubst. Da ist Pia für ihre Verhältnisse regelrecht ausgerastet und hat Charlie aufgeblasene Kuh oder so ähnlich genannt. Das hat Nadine erzählt. Und Annika hat's bestätigt. Daraufhin ist Charlie wohl ausgerastet und auf Pia losgegangen. Mit den Fäusten, hat Nadine gesagt, wie so eine furiose Xanthippe, wer auch immer das ist. Sie hat rumgeschrien, dass Pia die Finger von Jason lassen soll, weil der ihr gehört. Da hat Pia Charlie am T-Shirt gepackt und ganz fest daran gezogen. Ich meine, sie kann schon stark sein, wenn sie will, aber richtig wehtun würde sie niemandem. Nur dass Pia dann Charlie eine aufgepustete Kaugummiblase genannt hat, war vielleicht übertrieben. Annika meinte ...« Melli stoppte Loras Redefluss. »Das passt alles überhaupt nicht zu Pia. Sie muss ja völlig von der Rolle sein. Hat Nadine gesehen, wohin sie verschwunden ist?«

»Nö, davon hat niemand was erzählt. Charlie hat geheult und Pia ist davongerannt. Das war's.« Melli seufzte. Alles deutete darauf hin, dass eine umfangreiche Suchaktion gestartet werden musste. Jason und Pia. Pia, Jason. Es ging um Jason, das war klar wie frisches Poolwasser. Die beiden hatten sich um ihn gezankt wie die Waschweiber um einen Bettbezug. »Wir nehmen uns zuerst das Haus vor«, beschloss Melli. »Irgendwo müssen die beiden ja stecken. Wir suchen gezielt. Vom Dachboden bis zum Keller.«

»Sollten wir uns nicht lieber trennen? Du suchst Jason und ich Pia? Dann sind wir schneller.« Lora verstummte, als sie Mellis bedeutungsvoll gehobene Augenbrauen bemerkte. »Du meinst, sie sind irgendwo irgendwie zusammen? Aber doch nicht Pia, was soll die denn mit Jason, das ist doch ...«, stammelte Lora.

»Sie hat immer ein gutes Wort für ihn eingelegt«, gab Melli zu bedenken.

»Und sie hat sich wegen ihm mit Charlie gefetzt«, fügte Lora langsam hinzu.

»Er wollte aufs Internat«, erzählte Melli, der plötzlich ein ungeheurer Verdacht kam. Was, wenn Pia und Jason durchgebrannt wären? So richtig abgehauen? »Es gab schon wieder Streit mit Adrian«, überlegte sie weiter. Und Pia? Wie passte Pia dann in das Chaos?

Mit Lora auf den Fersen sprintete Melli los. Zuerst durchforsteten sie das Erdgeschoss. Lugten hinter jede Tür, in jede Nische, danach riefen sie in den Keller und den Hobbyraum. Melli konnte mit dem Schimpfen über das große Haus nicht mehr aufhören. Dabei mussten sie unauffällig vorgehen. Nicht auszudenken, was passieren würde, wenn den Erwachsenen das Fehlen ihrer Kinder auffiel. Mindestens mit einer Hubschraubersuchaktion und dem Einsatz einer kompletten Polizeihundestaffel hätten sie zu rechnen.

»Wir müssen hoch, hier sind sie nicht«, beschloss Lora, als Melli zwischen den unzähligen unausgepackten Kisten und Kartons auftauchte, die sich im zukünftigen Fitnessraum stapelten. »Die hocken nicht einfach hinter einer Kiste und schmollen wie die Kleinkinder.«

»Jason vielleicht nicht, aber Pia.« Kopfschüttelnd folgte Lora ihrer Freundin. »Ich blick null, was Sache ist. Weder das mit Jason, noch was mit Pia los ist. Ich kapiere überhaupt nicht, warum es zu diesem Streit mit Charlie kam und weshalb sie sich deshalb versteckt.«

»Pssst«, machte Melli, die ihre Mutter bemerkt hatte. »Kein Ton, ja? Sie darf nichts mitbekommen, sonst sind hier die sieben Höllen los.« Lora und Melli setzten ein fröhliches Gesicht auf und Melli stieß Lora übertrieben kichernd in die Seite, als hätte die gerade den Scherz des Tages von sich gegeben.

»Lora, Melli, die Buffets, die Getränke, die Salate, ich bin völlig fertig! Wo steckt Pia, sie wollte abspülen. Alle fragen nach Jason, aber der Junge ist wie vom Erdboden verschluckt. Wo seid ihr nur alle?« Mistiger Mist, man fragte sich also bereits, wo Pia und Jason abgeblieben waren. Wenigstens machte Pam sich noch keine ernsthaften Sorgen. Melli musste sie unbedingt beschwichtigen. »Äh, wir kommen sofort, okay«, sagte sie unschuldig. »Wir müssen nur mal ganz kurz ...«

»Melli?«, rief Lora, die bereits an der Treppe wartete. »Meinst du, ich kann einfach so bei Jason reinplatzen.«

»Warum ...«, fing Pam verwirrt an, doch Melli ließ sie nicht zu Wort kommen.

»Mädchengeheimnisse, Mam, das willst du gar nicht wissen, ja?« Dankbar winkte sie einem neuen Gast zu, der Pam sicher die nächsten paar Minuten ablenken würde. Ohne sich weiter um das verwirrte Gesicht ihrer Mutter zu kümmern, rannte sie auf Lora zu. »So, dann wollen wir mal. Ich kontrolliere, ob ihre Räder noch da sind, ja? Kannst du in meinem Zimmer nachsehen? Danach gucken wir gemeinsam bei Jason rein, dann ins Gästezimmer und in die Bäder.«

»Jep«, lautete die Antwort. »Ob Pia sich ins große Schlafzimmer traut?«

»Ne, bestimmt nicht. Ich bin gleich bei dir. Es gibt noch den Dachboden. Da oben war ich allerdings noch nie. Ich glaube, den können wir uns schenken.«

Kapitel 9

Nichts«, beantwortete Melli Loras unausgesprochene Frage. »Die Fahrräder sind noch hier. Das sagt aber gar nichts. Beide können mit dem Bus gefahren sein oder sie laufen. Oder per Anhalter, wer weiß. Lass uns aber erst mal das Haus fertig durchchecken.«

Aufgeregt kichernd drangen die Freundinnen in Jasons wohlgehütetes Zimmer ein. Es roch nach Duschcreme, Sportdeo und Kaugummi. Sie zogen den Rollladen hoch, der seit Jasons Einzug noch nie mehr als bis zur Hälfte des Fensters geöffnet gewesen war. »Grottenolm«, kommentierte Lora und schaute sich neugierig um.

»Absolut.« Nicht dass Melli noch nie in Jasons Zimmer gewesen wäre, aber jetzt, heimlich, ohne seine Anwesenheit verspürte sie eine Aufregung, als wäre sie in eine unerforschte Höhle vorgedrungen. Lora stupste Melli an und wies auf einen Stapel gruselig aussehender Bücher mit englischen Titeln, obendrauf lagen ein Wörterbuch und – Melli legte den Kopf ein wenig schräg, um den Rücken besser lesen zu können – eine Gedichtsammlung deutscher Klassiker. Sie verzog abfällig das Gesicht. Den Schreibtisch krönte der Rechner mit einem überdimensionalen Bildschirm. Eine Maus, ein paar Stifte, ein Block und sonst nichts. Nirgendwo gab es peinliche oder persönliche Dinge, keine Plüschtiere, kein Spielzeug, keine

Fotos, nicht einmal irgendwelche Starposter. »Ganz schön ordentlich für einen Jungen, oder?«, flüsterte Melli.

»Total. Wenn ich überlege, wie es bei Jacob immer aussieht. Oder Mario, der schiebt seine Schmutzwäsche einfach unters Bett, wenn wir kommen. Stell dir vor, ich kann dir genau sagen, wie seine Boxershorts aussehen. Er hat sogar welche vom 1. FC Bayern.«

Melli kicherte verlegen. »Hm, mal sehen«, sie näherte sich dem Schrank mit einer Vorsicht, als erwarte sie dahinter Godzillas Baby. Mit spitzen Fingern zog sie die Schiebetür auf. Mutiger geworden schob sie die Hosen und Jacken beiseite. Nichts.

»Niemand hier«, sagte Lora.

»Das nicht, aber schau mal.« Melli kickte mit der Fußspitze eine Sporttasche vor sich her, die sie am Schrankboden entdeckt hatte.

»Hey, was machst du da? Da sitzen weder Jason noch Pia drin.«

»Das nicht, aber vielleicht ein Hinweis.«

»Alte Stinksocken, nehme ich an. Oder ungewaschene T-Shirts. Komm, Melli, stell die Tasche zurück. Ich schau noch kurz ins Bad.« Während Lora hinter der Badezimmertür verschwand, öffnete Melli die Sporttasche. Weder Socken noch sonst ein Stoff flutschten heraus, sie griff in Papier. Ein ganzes Bündel davon. Na ja, fünf Briefe, um genauer zu sein. Fünf Briefe, eindeutig geschrieben von – Pia. »Lora!«, kreischte sie. Ihre Freundin stürzte herbei. »Das ist unglaublich. Das müssen die Briefe sein, von denen Charlie gesprochen hat. Und die Jason immer bekommt. So einen hab ich auch mal aus dem Briefkasten gezogen.«

»Was für Briefe? Und überhaupt, Finger weg, wir lesen doch keine fremde Post.«

»Normalerweise nicht, aber in diesem Fall ... Jetzt ergibt es einen Sinn. Jason wusste nicht, von wem er Post erhält, und er dachte die ganze Zeit, Charlie wäre die Briefeschreiberin. Deshalb war er so nett zu ihr.«

»Ich versteh nur Kilimandscharo. Weshalb sind die Dinger so wichtig? Leg sie weg, vielleicht sind es Erpresserbriefe. Wegen der Fingerabdrücke.« Mit einem kleinen Aufschrei warf Melli den Papierpacken auf den Schreibtisch, dann schüttelte sie den Kopf. »Quatsch, Pia schreibt doch keine Erpresserbriefe.«

»Pia? Wieso Pia?«, fragte Lora. Erst jetzt betrachtete sie das Bündel genauer. »Das ist ihre Schrift! Aber warum schickt sie ihm Briefe? Und warum weiß ich nichts davon. Hallo? Ich bin ihre Zwillingsschwester, wir haben keine Geheimnisse voreinander und ich habe ein Recht ...«, erregte sich Lora.

»Ne, ab und zu gibt es schon Geheimnisse. Und zu Pia passt es. Außerdem sind es anonyme Nachrichten, die kann sie ja schlecht von ihrem Mailaccount schicken.« Lora nickte zustimmend.

»Natürlich. Jetzt lies schon vor.«

»Also echt, da steht nirgendwo Lora oder Melli drauf, sondern Jason. Wir dürfen das nicht.«

»Unsinn, Pias Briefe dürfen wir lesen. Es ist ein Notfall, vielleicht befindet sich ein Hinweis darin, wo wir Jason finden.«

»Nein!«

»Aber ich möchte sofort wissen, was Pia für Geheimnisse hat. Vor mir! Das ist unverzeihlich. Die kann was erleben.« Lora war mehr als erbost. Schnaubend schaute sie sich um. »Das Gästezimmer«, schlug Melli vor. »Also ich würde mich dort verstecken.« Wenn sie nur eine Sekunde nachgedacht hätte, wäre das sowieso das beste Versteck. Bis zur Decke stapelten sich dort die Umzugskartons und Möbel, die noch einen Platz suchten. Gleichzeitig drängelten sie sich durch die Tür. Melli schaute hinter einen Kartonstapel. »Pia, Süße, bist du hier irgendwo?«

»Bestimmt ist sie da. Ich spüre das.« Lora schob sich an Melli vorbei und steuerte zielsicher auf einen altmodischen Schminktisch zu, der mit dem Rücken zur Zimmermitte in einer kleinen Nische stand. Gemeinsam beugten sie sich am Spiegel vorbei und spähten hinter die Kommode. Und genau da saß eine tränenüberströmte Pia.

Melli und Lora schauten sich verblüfft an und streckten schließlich gemeinsam Pia die Arme entgegen. Von Loras Verstimmung war nichts mehr zu spüren. »Pia, was ist los mit dir? Es ist so eine schöne Party, wir vermissen dich alle«, redeten die beiden auf Pia ein und versuchten, sie aus ihrem Versteck zu ziehen. »Jetzt komm da raus. Was immer passiert ist, wir kriegen das wieder hin, versprochen.«

»Ihr habt ja keine Ahnung, niemand kann mir helfen«, heulte Pia.

»Sind es die Briefe? Bist du deswegen so traurig?«, tippte Melli ins Blaue. Ein Aufstöhnen hinter der Kommode gab ihr recht. »Das ist doch nicht schlimm. Du hast doch bestimmt nichts Böses geschrieben, oder?« Außer Pias Schluchzen war nichts zu hören. Melli und Lora sahen sich ratlos an. »Vielleicht solltest du mal mit Jason sprechen, wenn er wieder da ist.« Schniefender Atem war zu hören. Nach einer kleinen Pause flüsterte Pia kaum hörbar: »Wieso? Wo ist er? Was wisst ihr von Jason?«

»Wir wissen alles«, flunkerte Melli. Sie hatte in einem Krimi gelesen, dass ein Angeklagter todsicher gesteht, wenn man behauptet, sowieso Bescheid zu wissen. Bestimmt funktionierte das auch bei Pia.

Lora hatte den Krimi anscheinend nicht gelesen und beschwerte sich lauthals: »Er ist weg. Genauso wie du bis eben. Da passt man mal eine halbe Stunde nicht auf und die Welt geht unter.«

»Meine Welt wäre sowieso untergegangen, auch wenn du aufgepasst hättest.«

»Wie sollen wir dir helfen, wenn du uns nichts erzählst? Ich sag dir, wenn unsere Eltern herausfinden, dass du und Jason verschwunden seid, dann gibt's hier gleich Action wie beim James-Bond-Finale«, schimpfte Lora und Melli verdrehte die Augen. »Also echt. Jason ist weg, du prügelst dich mit Charlie und anschließend heult ihr um die Wette. Ich weiß gar nicht mehr, was hier los ist.«

»Ich habe mich nicht geprügelt. Sie ist auf mich losgegangen. Und wieso weint Charlie, die hat doch alles, was sie wollte?«, wimmerte Pia.

»Na, Jason glaubte, die Briefe seien von ihr, und als sie sich darüber kaputtgelacht hat, war er sauer und hat sie links liegen lassen.«

»Er dachte, die sind von ihr?« Pias Gesicht tauchte hinter der Kommode auf. »Er dachte wirklich, SIE hätte ihm geschrieben? Warum sollte sie das tun?«

»Keine Ahnung, was du ihm so geschrieben hast, aber ja. Und jetzt ist er stinkig wie ein verdorbener Sonntagsbraten«, sagte Melli. »Und weg obendrein«, fügte Lora atemlos hinzu, die die Gelegenheit nutzte, die widerspenstige Pia vollends aus dem Versteck zu zerren.

»Ihr solltet ihn suchen«, schlug Pia vor und sank vor der Kommode zusammen, als hätte sie Gummibeine. »Was glaubst du, was wir hier tun?«, wetterte Melli angesichts dieser Undankbarkeit. »Hast du wenigstens einen Vorschlag, wo wir noch nachschauen können?«

»Nein, ich weiß nur, dass er unbedingt zu diesem Internat will. Ich habe ja versucht, es ihm in den Briefen auszureden, also auszuschreiben oder wie sagt man da, weil ich nicht will, dass er so weit weg ist. Aber dieses Wochenende ist dort ein Vorstellungsprojekt, an dem er unbedingt teilnehmen wollte.«

»Und Adrian hat es verboten und lieber eine Poolparty organisiert«, schlussfolgerte Melli.

»Genau. Jason versucht seit Wochen, ihn zu überreden, aber es ist sinnlos. Adrian ist total egoistisch. Er versteht null, was in Jason vor sich geht.«

»Aber du?«, Lora hob ungläubig die Augenbrauen. »Du verstehst ihn?« Pias Gesichtsfarbe passte sich ihren rot geweinten Augen an.

»Ich habe ihn in meinen Briefen wenigstens mal gefragt, das hilft in so einem Fall. Aber er ist ja so verknallt in Charlie, dass er pinkfarbene Socken auf den Augen hat. Oh Lora, Jason ist so unglücklich und so einsam. Adrian nimmt überhaupt keine Rücksicht auf ihn.«

»Adrian verwöhnt Jason von hinten bis vorne«, widersprach Melli.

»Damit will er nur vertuschen, dass er ihn eigentlich total unterdrückt.«

Mit großen Augen betrachtete Melli ihre Cousine. »Pia, du hast dich in ihn verknallt. Deshalb bist du auch so angefressen wegen Charlie«, stellte sie ungläubig fest. Feurige Hitze schoss Pia ins Gesicht.

»Nein, ich habe nur Verständnis für ihn. Wenn es doch sein Herzenswunsch ist, seine Talente zu nutzen, Sport zu treiben, und er das hier nicht kann. Anfangs fand er es ja noch cool, dass Adrian ihn zu sich geholt hat, aber mittlerweile fühlt er sich wie ein eingesperrter Tiger.«

»Wrauwww«, machte Melli und peitschte Lora ihre Pranke nach Tigermanier an den nackten Oberarm. »Hey, lass das!« Lora strich sich über den Arm. »Verstehst du nicht, was für eine verdammt ernste Sache das hier ist? Hier geht es um Leben und Liebe. Wir müssen ihn sofort suchen.«

»Das tun wir ja schon die ganze Zeit«, sagte Melli trotzig. Dieser dämliche Jason. Wollte sie überhaupt, dass sie ihn fanden und er zurückkam? Melli schüttelte leicht den Kopf, als Lora auch schon ein warnendes »MELLI!« ausstieß. Anscheinend konnte sie Gedanken lesen und Melli senkte schuldbewusst den Kopf.

»Pias Glück ist wichtiger als dein Jason-Hass. Du kannst unmöglich wollen, dass er abhaut und Pia mit gebrochenem Herzen hier rumhockt, oder?«

»Gut«, raffte sich Melli auf. »Habt ihr euch überlegt, dass er vielleicht auf eigene Faust losgezogen ist?«

»Du meinst richtig abgehauen?«, hauchte Pia.

»Genau!«, stimmte Lora zu. Langsam dämmerte Melli der Ernst der Situation. Wenn Jason wirklich davongelaufen war, dann stand richtig Ärger ins Haus. Mit neuem Schwung erhob sich Pia. »Bahnhof?«, fragte sie Lora, die sofort nickte. »Bahnhof, ganz klar.«

»Ich versteh auch nur Bahnhof, könnte mich mal jemand aufklären?«, sagte Melli verwirrt.

»Du hast doch selbst gesagt, dass er möglicherweise auf und davon ist. Ist sein Rucksack noch hier?« Pia wirkte schlagartig sehr vernünftig.

»Wir haben nur die Sporttasche gefunden, da, äh, also, da waren deine Briefe drin«, meinte Lora verlegen. Pias gesamtes Blut sammelte sich in ihrem Gesicht, sie stand geradezu in Flammen.

»Hey, wir haben echt nichts gelesen«, schwor Lora.

»Die Schrift hat dich verraten«, ergänzte Melli schnell.

»Ich konnte Jason ja nicht einfach ansprechen. Aber ich habe gespürt, wie es ihm geht. Und deshalb habe ich ihm geschrieben. Ich wollte ihm zeigen, dass jemand zu ihm steht. Wollte ihm Mut machen. Natürlich anonym, sonst hätte er mich vielleicht ausgelacht oder so.« Ihre verknoteten Finger schienen sie zu faszinieren. »Ab und zu hat er geantwortet«, flüsterte sie.

»Wie konnte er dir schreiben, wenn er nicht wusste, wer der Absender ist ...?«

»Ich ... wir ... ich hab ihm im ersten Brief einen Ort vorgeschlagen, an dem er eine Antwort hinterlegen kann. Er wollte natürlich wissen, wer ich bin, aber ich habe es immer so eingerichtet, dass er mich beim Abholen nicht erwischt hat. Er ist, nun ja, er ist wirklich total süß und richtig lieb. Er macht sich tausend Gedanken über Gott und die Welt.«

»Oh, Pia, ich wusste es, du bist total verschossen! Warum hast du nichts gesagt? Wir lästern über ihn und lachen über die durchgeknallte Charlie, während du ihn anschmachtest!« Melli wusste nicht, ob sie empört oder belustigt sein sollte. Das war mal wieder typisch Pia.

»Ich dachte mir, du kannst es nicht verstehen und bist vielleicht sauer. Aber ich habe mich nicht verknallt, echt nicht …« Melli und Lora quiekten wie ein ganzes Rudel aufgescheuchter Meerschweinchen.

»Ihr seid doof und gemein. Wollen wir nicht Jason suchen, bevor es zu spät ist?«

»Ja, sicher bemerken die Erwachsenen bald, dass etwas nicht stimmt, die wittern das wie ein Trüffelschwein die Pilze.« Vorsichtig schlichen sich die drei aus dem Zimmer. Doch bereits am Treppenende wurde ihre Flucht gestoppt. Ausgerechnet Christof stand mitten im Flur und schaute ihnen ungehalten entgegen. Was für ein mistiger, unglaublich dummer Zufall. »Wir brauchen Hilfe, und zwar sofort«, stellte er fest. »Während die Damen ihr Schwätzchen halten, dürfen wir schuften. Könntet ihr bitte sofort Kira und Pam unter die Arme greifen?«

»Paps, das geht leider gar nicht, wir müssen ganz schnell mal wohin«, redete sich Lora raus und wollte sich an ihm vorbeidrücken. Geschickt fing er sie ab.

»Es gibt nichts, was nicht warten kann.«

»Doch«, hörte Melli Pias dünne Stimme hinter sich. »Doch, Pa, es sieht so aus, als ob Jason sich alleine auf den Weg zum Internat gemacht hat. Wenn wir uns nicht beeilen, sitzt er schon längst im Zug.« Natürlich hätte Pia das nicht sagen dürfen. Ausgerechnet Pia, die nämlich niemals log oder Scherze über ernste Themen machte. Ihr verquollenes Gesicht, ihre besorgten Augen – Christof war sofort klar, dass allerhöchste Eile angesagt war. Jeder, der Eltern hat, weiß genau, was nun geschehen musste. Die gesamte Maschinerie lief an. Streng nach Masterplan. Schrecksekunde, Schimpftirade und Panikattacke, Alarm schlagen, Maßnahmen besprechen, handeln.

Keine zwei Minuten später saßen Melli und ihre Cousinen wie begossene Pudel vor ihren Eltern. Fragen und Vorwürfe trommelten auf die drei ein wie tennisballgroße Hagelkörner. »Wieso hat niemand etwas gesagt!«, rief Kira außer sich.

»Wir konnten nichts sagen, weil wir selbst nichts wussten«, verteidigte sich Lora.

»Hätten wir geahnt, dass es Jason so schlecht geht …«, fiel Melli ein.

Da stand Pia auf und sagte mit ihrer leisen, eindringlichen Stimme: »Also, wenn ihr tatsächlich glaubt, dass Jason davongelaufen ist, dann verstehe ich nicht, wieso ihr nicht schon längst unterwegs seid, um ihn zu suchen. Ich jedenfalls gehe jetzt zum Bahnhof.« Durch die verblüffte Stille ging sie zur Tür. Kaum hatte sie die Klinke in der Hand, da war Adrian schon an ihr vorbei.

»Ich fahre. Ihr bleibt hier und haltet die Augen offen. Christof, könntest du bitte zum Freibad fahren und im Ort suchen?« Weg war er.

»Jetzt können wir nur noch warten und hoffen, dass Adrian ihn findet. Gut, dass bisher keiner der Gäste etwas bemerkt hat«, sagte Kira seufzend. »Los die Damen, strömt aus und macht euch nützlich. Hopp, hopp hopp, jetzt heißt es, gute Laune verbreiten. Wetten, dass Jacob und Mario ein bisschen Unterstützung brauchen? Inzwischen sehe ich in Jasons Zimmer nach. Kennt jemand das Passwort für seinen Computer?«

Kapitel 10

Hätte sie es verhindern können? Die Hände tief im Spülwasser, im Kampf mit einer unhandlichen, glibberigen Salatschüssel, lauschte Melli den erregten Stimmen von Adrian und Jason, die durchs ganze Haus hallten. Tatsächlich hatte Adrian Jason am Bahnhof aufgelesen und überredet, mit nach Hause zu kommen. Melli fragte lieber nicht, mit welchen Drohungen. Natürlich war es gut, dass Jason so schnell gefunden worden war. Pam und Kira hatten schon überlegt, die Polizei anzurufen. Direkt nach ihrer Ankunft waren Adrian und Jason im Arbeitszimmer verschwunden und führten seitdem heiße Diskussionen. Die Mädchen hatten nicht einmal einen Blick auf Jason werfen können, dabei wollte Pia ihm unbedingt zur Seite stehen. Nun blieb ihr nichts anderes übrig, als mit einem schrecklich unglücklichen Gesicht die Geschirrstapel zu bearbeiten. Das Ende einer so hoffnungsvoll gestarteten Party ließ sich in zwei Worte fassen: katastrophaler Trübsinn. Eigentlich sollten jetzt noch die allerliebsten und engsten Freunde um den Grill sitzen. Beim Schein der Fackeln ihre Drinks genießen und vielleicht ein allerletztes Mal in den Pool springen. Stattdessen hatte ein Unglück das andere gejagt, mit Jasons Flucht als tragische Krönung. Melli seufzte aus tiefstem Herzen. »Komplett schiefgegangen«, murmelte sie niedergeschlagen. Nicht einmal meine Schwimmkünste kamen zur Geltung, schloss sie für sich. Tränen stiegen ihr in die Augen. Sie schnaubte, dass die Schaumflocken vor ihr erzitterten.

»Man sollte einfach noch einmal von vorn anfangen können«, sagte Pia leise.

»Genau, die Zeit zurückdrehen«, rief Lora spöttisch. Oh Mann, das war es! Melli griff an ihr Amulett. Sie würde die Zeit zurückstellen. Das war natürlich viel schwieriger, als die Zeit kurz anzuhalten. Doch es hatte schon öfters geklappt. Meist unfreiwillig und unkontrolliert, aber immerhin hatte sie damit Finchen das Leben retten können. Während eines Zeitsprungs in die Vergangenheit hatte sie miterlebt, wie die niedliche Nachbarskatze angefahren wurde, und sie gerade noch rechtzeitig zum Tierarzt gebracht. Würde Melli auch jetzt die kleinen, aber ärgerlichen Unfälle und Jasons Flucht verhindern können? Wenn sie sich ganz fest konzentrierte und etwas unerträglich Scharfes zu sich nahm, vielleicht hatte sie dann eine Chance? Sie schüttelte ihre tropfnassen Hände vor der empörten Lora aus und flitzte aus der Küche in ihr Zimmer. Diese höllische Wasabi-Knabbersammlung musste doch noch in einer der Schubladen stecken. Seitdem klar war, dass Scharfes die Ursache für Mellis Zeitprobleme war, hielt sie sich von Chilischoten, Wasabi-Snacks oder Pfeffersteaks lieber fern. Doch Adrian und Pam kannten Mellis Vorliebe für Scharfes und hatten ihr von der Hochzeitsreise ein wirklich heißes Wasabi-Paket mitgebracht. Triumphierend zog sie es aus der hintersten Ecke ihrer Andenkenschublade. Tatatata, Party Nummer zwei kann starten, trällerte sie vergnügt vor sich hin. Hm, die Qual der Wahl. Abwechselnd nahm sie verschiedene Päckchen Flips, Drops und Nüsse in die Hand. Sie entschied sich für Drops. Die waren, das wusste Melli aus Erfahrung, einfach nur schrecklich, schmerzhaft, unsäglich scharf. Kaum steckte das Teil im Mund, fühlte man sich wie ein Vulkan kurz vor dem Ausbruch. Melli riss eine Packung auf, verzog schon beim Geruch das Gesicht und schob sich schnell ein Bonbon in den Mund. Dann rieb sie vorsichtig ihr Amulett zwischen Daumen und Zeigefinger. Vor ihren Augen beschwor sie den Beginn der Party herauf und konzentrierte sich auf das Eintreffen der ersten Gäste.

Kaum spürte sie das vertraute Schwindelgefühl, als sie schon laute, fröhliche Stimmen vernahm, die vom Garten zu ihr heraufdrangen. Es hatte funktioniert. Wow. Erstaunt über ihren Erfolg, musste Melli ihre Kräfte sammeln, bevor sie aus dem Zimmer trat. Aufmerksam lauschte sie und versuchte, den Zeitpunkt einzuschätzen, zu dem sie gelandet war. Zuerst glaubte sie, Marco und Jacob zu hören, doch dann übertrötete Amrit das Geschehen um sie herum: *»Die gleiche Zeit, die es dauert, über die Vergangenheit zu trauern, hat man zur Verfügung, um die Zukunft zu gestalten.«*

»Genau«, murmelte Melli, »und jetzt verzisch dich und stör mich nicht.« Amrit verstummte. Die Vergangenheit neu gestalten, Party retten, Menschen glücklich machen oder zumindest vor Unglück bewahren – so hieß ihre Mission. Melli fühlte sich wie die Agentin einer Science-Fiction-Serie. Platz eins der aktuellen Radio-Charts war zu hören, die Feier war bereits in vollem Gange. Kritisch schaute sie an sich herab. Den Bikini trug sie bereits, doch er war noch trocken, ebenso wie ihre Haare, die Bluse war lässig verknotet, ihr großer Auftritt stand also noch bevor. Verflixte Mistigkeit. Hätte sie doch nur besser achtgegeben, dann wüsste sie jetzt, wann sie am besten in den Partyablauf eingreifen konnte. Wie schon so oft hatte sie sich nicht an den Rat gehalten, zuerst nachzudenken, dann zu handeln. Sollte sie lieber vor Charlies Ankunft oder danach eingreifen? Sollte sie verhindern, dass Pia und Charlie aneinandergerieten, oder auch Pam von Adrian fernhalten? Am besten wäre es, Jason würde so schnell wie möglich Pia als eigentliche Briefeschreiberin kennenlernen. Dann wäre er nicht so frustriert, würde Charlie keinen Korb geben, Pia müsste nicht mit Charlie streiten und Jason wäre nicht verzweifelt.

Also Jason und Pia zuerst. Ja, so musste es klappen. Und wenn sie schon hier war, konnte sie vielleicht noch den Bienenstich verhindern oder Marios Boxen retten. Ohne weiter nachzudenken, sprintete sie die Treppen hinunter, so schnell, dass sie sich fast überschlug. »Hoppla«, machte Pam, die gerade eine Schüssel Nudelsalat beförderte.

»Hoppla«, grinste auch Melli und nahm sich vor aufzupassen, schließlich wäre keinem geholfen, wenn sie jetzt eine Salat-Panne verursachte.

»Pia kommt später, Melli.«

»Weiß ich«, gab sie gut gelaunt zurück. Endlich verschwand Pam durch die Terrassentür. Sie war so unbekümmert, dass der Streit zwischen ihr und Adrian noch nicht stattgefunden haben konnte. Melli spurtete keuchend in den Garten. Sie musste Pia erwischen, bevor es zu dem Zusammenstoß mit Charlie kam.

»He, sieht man dich auch mal wieder?« Lora stand bereits an der Bar und schüttete Zutaten in einen Mixbecher. Ein schneller Blick über die Anwesenden machte Melli Mut. Keine Charlie zu sehen, Jacob und Mario waren in ihre Musikprogrammierung vertieft, höchstens die Hälfte der Gäste tummelte sich in Haus und Garten.

Leise, fast unhörbar war das Klingeln der Eingangstür durch die Stimmen zu hören. Hatte Pia geklingelt? Sicherheitshalber lieber nachschauen. Doch Pam war ihr zuvorgekommen.

Adrian spazierte herein, beladen mit zwei Einkaufskörben, einem Wasserkasten und drei Honigmelonen. »Wo ist Jason«, bellte er anstelle einer Begrüßung mit einem Umschlag zwischen den Zähnen.

Pam befreite ihn von dem Brief, warf einen kurzen

Blick darauf, nahm Adrian zwei Körbe ab und sagte betont ruhig: »Oben. Lass uns zuerst die Dinge in der Küche verstauen, dann reden wir, bevor du auf Jason losgehst.«

Melli fuhr zusammen. Brief? Schon wieder ein Brief? Warum machte der Adrian so sauer? War es etwa einer von Pias? Sie musste einen Blick auf das Schreiben werfen. Unbedingt. Scheinbar unbekümmert sprang sie herbei und befreite Adrian von einer Melone. »Super, jetzt haben wir alles«, flötete sie.

Pam legte den Brief auf die Anrichte und versuchte, die Melonen im Kühlschrank unterzubringen. Adrian kämpfte mit Getränkekästen. Einen günstigeren Augenblick würde es nicht geben.

Melli schielte auf das Papier. »Sehr geehrter Herr ...«, stand dort. Also schied Pia als Absender schon einmal aus. Ihr Blick suchte den Briefkopf, erkannte ein bombastisches Logo und blieb an dem Wort »International School« hängen. »Sehr geehrter Herr ...« Es war schwierig, auf diese Entfernung die Worte zu entziffern. »... wir freuen uns über Ihr Interesse und ...« Aha, hatte es sich Melli doch gedacht. Dieser Brief war der Auslöser des folgenden Streits. Gerade, als sie versuchte, die nächste Zeile zu entziffern, schrillte eine laute Stimme durchs Haus.

»Was willst denn du überhaupt ... Schaiiiisssssn, da bist du ja, hallohooo! ... Ne, der Wisch ist nicht von mir, kommst du mit baden?« Eindeutig. Charlie war eingetroffen und keifte vor Jasons Zimmer herum. Jetzt ertönte eine andere Stimme. »Gib den Brief sofort wieder her. Geh doch mal zur Seite, du aufgeblasene Gummikuh, ich muss mit Jason reden. Und zwar sofort. Autsch!«

»Hey, was soll das? Schaissn, ignorier sie einfach, ja? Bist du so weit?«

»Schubs mich nicht. Und zum Baden kannst du dir gleich Betonschuhe anziehen!« Das war Pia. PIA?! So unfreundlich? Melli zuckte zusammen. Es war ganz anders, den Streit mitzuerleben, als davon erzählt zu bekommen. Irgendwie ... absurd! Sie musste einschreiten und verhindern, dass Jason Pia einfach stehen ließ und nicht erfuhr, wer die wahre Briefeschreiberin war.

»Steig auf deinen Besen und zisch ab, du Hexe!«, giftete Charlie, dann hörte man Handgemenge und heftiges Atmen. Alarmiert sprang Melli zur Küchentür und wollte sie gerade aufreißen, als jemand von außen dagegenstieß. Mit voller Wucht knallte ihr die Tür ins Gesicht. So muss es sich anfühlen, wenn man von einem Pferd getreten wird, dachte Melli noch, dann gaben ihre Beine nach und sie sank zu Boden.

Wenige Minuten später weckte sie schneidende Kälte, die ihren Schädel durchdrang und zusammen mit einem stechenden Hämmern grausamste Schmerzen verursachte. Melli blinzelte vorsichtig. Jemand hielt ihren Kopf, den der Frost schier platzen ließ. Sie stöhnte, was lebhaftes Getuschel und Gemurmel um sie herum auslöste. »Tu das Ding weg, sonst bekommt sie zusätzlich eine Frostbeule«, schimpfte eine Stimme schroff und plötzlich konnte Melli wieder sehen.

»Mistiger Mist«, ächzte sie. Sie hatte keine Ahnung, was geschehen war. Warum beugten sich Adrian, Pam und Oma Doro über sie, als wäre sie vom Kirschbaum gefallen? Langsam kamen ihre eingeeisten Gedankengänge wieder in Schwung. Die Party!!! Jason und Pia!!! Die zweite Chance verpatzt!!! Sie musste diesen Reinfall sofort stoppen. Teuflisch. Da lag sie verletzt am Boden und Jason und Pia waren dabei, todunglücklich zu werden, ganz zu schweigen von all den anderen Unfällen, die gleich einsetzen würden. »Oma?«, fragte sie leise.

»Sie fragt nach dir, Doro, schnell!«, rief Pam aufgeregt, als sich Oma Doro schon zu Melli herabneigte.

»Wollt ihr sie nicht wenigstens mal auf das Sofa legen? Das arme Kind bekommt auf dem kalten Boden noch Schüttelfrost.« Ja, Oma Doro würde sich kümmern, sie musste einfach. »Schnell, Oma, ich brauche etwas Scharfes«, hauchte Melli leise.

»Sie ist verwirrt, eine Gehirnerschütterung«, flüsterte Pam entsetzt, die nahe genug gewesen war, um Melli zu verstehen. »Nein, die hat sie bestimmt nicht«, erklärte Oma Doro resolut. »Bitte reich mir doch die Schale mit den Chips. Nein, die dunkelroten mit diesem Diabolo-Fire-Chilli-Pepper ... genau die«, wies Doro ihre Tochter an. »So und jetzt einen Schritt zurück, sie erstickt, wenn wir alle über ihr hängen.« Sie reichte Melli die Chips-

Schüssel. »Sind die recht oder lieber von den gehackten Chilischoten? Weißt du denn überhaupt, was du tust?«

»Ich muss die Zeit zurückdrehen, das hier darf nicht passieren«, erklärte Melli leise und versuchte, sich aufzurichten. Hämmerndes Stechen in ihrem Kopf ließ sie zusammenzucken. Doch sie riss sich zusammen und suchte eine Handvoll Chips heraus.

»Tut mir wirklich leid, Kind, ich fürchte, ich bin ein wenig schnell in die Küche geeilt, aber ich habe gespürt, dass du schon wieder mit dem Amulett gespielt hast, und wollte sehen, was los ist.« Oma Doro hockte vor ihr und betrachtete Melli sorgenvoll. »Ich habe nicht gespielt, es handelt sich um einen Notfall«, stöhnte Melli kauend. »Es ist auf der Party so viel schiefgelaufen, dass wir noch mal von vorne anfangen müssen.«

»Das scheint mir keine gute Idee zu sein.« Melli wartete auf das vertraute Schwindelgefühl, doch es blieb aus. »Es funktioniert nicht, die Chips sind nicht scharf genug«, sagte sie verzweifelt.

»Hier, ich habe noch Spezial-Pfefferminz, ansonsten doch die Schoten.« Ihre Großmutter kramte in der Hosentasche und streckte Melli ein weißes Bonbon entgegen. »Ich finde ja, du solltest den Dingen ihren Lauf lassen ...«, fing sie zu schulmeistern an. Genau im richtigen Augenblick setzte bei Melli der Schwindel ein. Seufzend schloss sie die Augen und beglückwünschte sich, wenigstens Doros Predigt entkommen zu sein.

Kapitel 11

Der Wissende weiß und erkundigt sich, aber der Unwissende weiß nicht einmal, wonach er sich erkundigen soll.« Damit drückte Amrit ziemlich genau aus, was Melli empfand, als sie wieder klar denken konnte. Fragezeichen über Fragezeichen blitzten in ihrem Kopf auf. Nun war sie zwar erfolgreich der zweiten Katastrophen-Party entkommen, doch einen Plan hatte sie noch lange nicht. Sie lauschte. Das Haus lag still und verlassen im Dunkeln. Irgendwo tickte eine Uhr, der Kühlschrank brummte leise. Natürlich war es ihr schwergefallen, mit brüllenden Kopfschmerzen und unter Beobachtung von Doro, Pam und Adrian die notwendige Konzentration für einen exakten Zeitsprung aufzubringen. Dennoch hatte sie damit gerechnet, wie vorhin, einigermaßen richtig zu landen. Stattdessen saß sie nun unglücklich auf dem Küchenboden und befühlte vorsichtig ihren Kopf. Wenigstens die Schmerzen waren fast verschwunden und eine Beule spürte sie auch nicht. War sie vor dem Fest gelandet und vor ihrem Unfall? Ächzend erhob sie sich. Die Küchenuhr zeigte 3:12 Uhr. Mitten in der Nacht, zwölf Stunden zu spät oder zu früh. Die Digitalanzeige ging auf 3:13 Uhr. Also kein Zeitstopp. Hier konnte sie nichts ausrichten. Oder war sie sogar an einem anderen Tag gelandet? Ein Blick auf die Geschirrstapel, die dreckigen Ablagen und die leeren Getränkekisten gaben Melli den entscheidenden Hinweis. Das Fest war vorüber. Falschlandung. Also noch einmal an der Zeit drehen. Dieses Mal musste mehr Schärfe her. Harmlose Chips oder Pfefferminzbonbons, die für alte, wacklige Großmütter gewürzt waren, taugten nicht für die Rettung der Welt. Ein Teelöffelchen der frischen Chilischoten dürfte reichen. Sie nahm sich eine kleine Schüssel, gab die Schoten hinein und tappte in den Flur. Freie Bahn. Niemand war wach. Eilig flitzte sie in ihr Zimmer und schloss erleichtert die Tür.

»Wer ein schlechtes Gewissen hat, wird nicht darum herumkommen, seine Fehler zu wiederholen.« Amrits Stimme bestätigte sie darin, dass sie in einer unwirklichen Zeit steckte, denn in der richtigen Zeit gab es keine nervtötenden Kommentare. Doch anstatt ihr Mut zuzusprechen, verunsicherte sie Amrit absichtlich, der Miesling. Aber dieses Mal würde sie sich besser vorbereiten, dann würde alles gut gehen. Grübelnd ließ sie sich auf ihrem Bett nieder. War es möglich, Charlie an der Tür abzufangen? Hm, nein, zu riskant. Am besten wäre es, sie könnte Charlies Erscheinen überhaupt verhindern. Genau! Alles hing doch irgendwie an Charlie. Der Streit mit Pia, Jasons Frust, weil er sich in der Briefeschreiberin getäuscht hatte, Pias Enttäuschung über Jason. Charlie war der Schlüssel. Wenn sie den wegwarf, dann würde die Party einen glücklichen Verlauf nehmen. Und letzt-

endlich hatten Adrians und Jasons Probleme nichts mit der Party zu tun, die konnten anschließend geklärt werden.

Mit einem tiefen Atemzug kippte sie den Inhalt des Schälchens auf die Zunge, rieb ihr Amulett und konzentrierte sich so sehr, dass die Kopfschmerzen wieder einsetzten. Sie versuchte, das Brennen im Mund zu ignorieren, bis ihr die Tränen kamen. Noch nie in ihrem Leben hatte sie so etwas Scharfes zu sich genommen. Verzweifelt spuckte sie die Krümel aus und atmete hechelnd ein und aus. Mist, blöder, sie musste sich anstrengen. Bei dieser Schärfe landete sie sonst im tiefsten Mittelalter oder im Jahre 3089. Sie rief sich die Szene in Erinnerung, als Lora, Jacob und Mario eintrafen, um beim Aufbau zu helfen. Wenn sie zu diesem Zeitpunkt starten könnte, hätte sie genügend Spielraum, Charlie wieder auszuladen.

Langsam öffnete Melli die tränenden Augen. Es war helllichter Tag. Ein gutes Zeichen. Selbst das Brennen auf ihrer Zunge hatte nachgelassen. Vor Erleichterung entfuhr ihr ein kleines »Uff«.

»Der Zweifel ist das Wartezimmer der Erkenntnis«, meinte Amrit altklug. Doch sie ließ sich nicht beirren. Die Anzeige des Handydisplays bestätigte ihr gutes Gefühl. Mittagsstunde. Früh genug, um die Weichen zu stellen. Datum? Perfekt. »Ja, der Zweifel ist beseitigt und jetzt an die Arbeit«, sagte sie entschlossen. Irgendwo auf ihrem Handy musste Charlies Mobilnummer sein. Nichts, verflixt. Absolut hundertprozentig hatte sie die Nummer

eingespeichert, oder nicht? Sie scrollte durch die unbekannten Rufnummern. Jede einzelne anrufen, um herauszufinden, ob Charlies dabei war? Unmöglich. Dann die Klassenliste. Hallo Klassenliste, wo bist du? Im E-Mail-Postfach, antwortete sie sich selbst. Also, Rechner hochfahren, Mailprogramm öffnen, das Klingeln an der Haustür ignorieren. Klingeln? Jetzt schon? Da suchte sie schon seit dreieinhalb Minuten diese dämliche Telefonnummer und verpasste darüber ihren Einsatz. Sie flitzte nach unten, während weiter kostbare Zeit verstrich. Wenn sie Glück hatte, dann würde jetzt genau ... »Hast du Charlies Nummer?«, überfiel sie Lora, die voll bepackt vor der Tür stand. Mario und Jacob begrüßte sie mit einem eiligen Nicken.

»Sehe ich aus wie ein Telefonbuch? Hilf mir lieber mal.« Lora stöhnte unter ihrer Last. Eine Badetasche und weitere Beutel baumelten von ihr herab, als wäre sie eines dieser Windspiele, die man in Oma Doros Buchhandlung kaufen konnte. »Es ist dringend. Ich muss sie anrufen.«

»Vergiss es. Ihr wurde das Handy in der Schule abgenommen. Sie ist total sauer und motzt nur noch herum. Typische Entzugserscheinungen«, sagte Mario vergnügt. »Wo soll die Musik hin?«, fragte er und zeigte auf die zwei Maxiboxen, die er balancierte. Melli winkte die beiden Jungs durch und wandte sich wieder Lora zu.

»Ich muss Charlie unbedingt erreichen. Sie darf nicht kommen.«

»Das hättest du dir früher überlegen müssen. Wir mussten sie für Jason einladen, kannst du dich erinnern?«

»Ja, aber da ahnte er noch nicht, dass ...« Melli unterbrach sich. Was würde es bringen, Lora zu erklären, dass sie die Party schon zweimal erlebt hatte und nun alles besser machen wollte? »Dann ruf ich eben bei Charlie auf dem Festnetz an, ich guck einfach in die Klassenliste. Geh schon mal in die Küche, ja? Pam kann dir auch zeigen, wo wir die Bar aufbauen.«

Endloses Tuten überzeugte Melli davon, dass bei Charlie niemand zu Hause war. Mistiger Unglückszufall. Jetzt blieb ihr nur übrig, sich vor dem Eingang zu postieren und Charlie abzufangen. Na, super. Charlie würde sich nicht einfach abwimmeln lassen und wieder nach Hause stapfen. Sie würde auf dem Nachmittag mit ihrem »Schaissn« bestehen.

Nach unzähligen Begrüßungsküsschen und Scherzen über ihren Job als Empfangsdame kam Mellis Großmutter angebraust wie ein Segelboot bei Windstärke acht. »Bin ich rechtzeitig zum Helfen?«, fragte sie atemlos. »Ich habe noch deinen Herrn Schlotterbeck abgeholt.« Der tauchte mit Taschen bepackt hinter dem Auto auf. »Nun aber flott, wir sind schon zu spät«, befahl sie dem schwitzenden Herrn. »Und du, meine Liebe, nett, dass du mich hier begrüßt. Ich komme aus den Schwindelgefühlen gar nicht mehr heraus. Haben wir Echtzeit oder hast du wieder an der Uhr herumgespielt?«

»Ne, also, nicht wirklich, du weißt doch, die eigentliche Party ist ziemlich schiefgegangen«, druckste Melli herum. »Jetzt versuche ich, alles besser zu machen, und dazu gehört, dass eines der Mädchen auf keinen Fall hier reindarf. Ich bin sozusagen die Wächterin.« Ihre Großmutter runzelte missbilligend die Stirn.

»Das kann ich nicht gutheißen, das gefällt mir nicht.«

»Ich hab alles unter Kontrolle, Oma, es wird schon klappen.« Schlotti ließ die Taschen neben Doro auf den Boden fallen. »Hast du mich als Gepäckträger oder als Gast eingeladen?«, murrte er gutmütig. »Hallo Melli, was macht die Schwimmkunst?« Mit einem kräftigen Schlag auf die Schultern warf er sie fast auf die Knie.

»Alles bestens, wirklich«, sagte sie mit hochgerecktem Daumen. Mellis Großmutter wartete, bis ihr Gast das Gepäck ins Haus gebracht hatte und außer Hörweite war.

»Ich verlange, dass du uns alle so schnell wie möglich in die Realität zurückbeförderst. Du nimmst dir eindeutig zu viel heraus. Bedenke, dass du die Folgen nie wirklich einschätzen kannst.«

»Ach, Oma, das weiß ich doch. Aber bei Finchen hat es ja auch geklappt. Ich habe ein Leben gerettet, da werde ich doch wohl so eine verunglückte Party zu einem glücklichen Ende führen können.«

»Hier spielen zu viele Personen mit. Eine winzige Veränderung kann Unerwartetes bewirken, also, nimm dich in Acht.«

»Mach ich, Oma, jetzt aber rein mit dir.«

»Wo sind Lora und Pia? Ich habe diese Klebe-Tatoos für sie dabei, die man im Sommer unbedingt tragen muss.« Melli verdrehte die Augen

»Pia kommt später und ich muss verhindern, dass es zum Zusammenstoß zwischen ihr und Charlie kommt, weil ...« Kopfschüttelnd unterbrach Oma Doro ihre Erklärung. »Wenn ein bisschen Streit das einzige Problem ist, also Melli, das lässt sich doch wirklich anders klären. Redet drüber und schon ist es nur noch halb so schlimm.« Jetzt hob Melli ergeben die Schultern.

Reden, reden, reden. Der Tipp des Tages. Jetzt war sie selbst durch dieses Gerede so abgelenkt gewesen, dass sie verpasst hatte, wer inzwischen alles eingetroffen war. Charlie jedenfalls noch nicht. »Melli, zum Teufel, was machst du hier!« Pam erschien hinter ihr im Eingang. »Wir brauchen wirklich jede Hand und du machst den Grüßaugust?«

»Ich muss aufpassen, dass hier nicht die falschen Leute reinkommen.«

»Du bist wirklich ein beeindruckender Türsteher. Ich dachte, du bist für das Buffet zuständig.«

»Ich komme, gleich nachdem ich Charlie abgewimmelt habe.«

»Wieso willst du Jasons Freundin abwimmeln? Melli, ich bin schwer enttäuscht. Charlie ist eingeladen und basta. Ich weiß, dass ihr nicht gerade dicke miteinander seid, doch Jason hat das gleiche Recht, seine Freunde einzuladen, wie du.«

»Darum geht es doch gar nicht. Charlie ... ach, vergiss es. Da kommt sie schon, lass mich nur machen.«

»Nichts da!«, rief ihre Mutter außer sich vor Empörung. Hastig winkte sie Charlie zu. »Schön, dass du hier bist, meine Liebe.« Pam warf Melli einen drohenden Blick zu. »Komm am besten gleich mit rein.« Sprachlos verfolgte Melli, wie Pam auf Charlie einredete und sie ins Haus bugsierte. Das war ja wirklich unglaublich! Melli kochte vor Wut. Nun hatte ihre eigene Mutter Mellis Pläne zunichtegemacht. Es blieb ihr nichts anderes übrig, als auf Pia zu warten oder zumindest Jason von Charlie fernzuhalten. Genau! Das war einen Versuch wert.

Sie rannte an Pam und Charlie vorbei, direkt in Jasons Zimmer. Ohne anzuklopfen. Ohne zu überlegen, was sie eigentlich sagen wollte. Ohne damit zu rechnen, nicht willkommen zu sein. Nun ja, sie war in seinem Zimmer eigentlich nie willkommen, aber musste er sie deswegen gleich derart anschreien? *»Bloody hell, have you lost your mind? Back off! Get out of my ROOOOOM!«*, schleuderte er ihr entgegen, noch bevor sie richtig eingetreten war. »Jason«, versuchte sie, ihn in einem Ton zu beschwichtigen, als wäre er ein bissiges Tier. »Ich muss dir was sagen, ganz dringend.«

»Get out!« Das Gespräch mit Adrian. Hatte es doch schon stattgefunden? Das konnte nicht sein. War Pam

deswegen so gereizt und unfreundlich gewesen? Hinter Jasons Beinen stand ein Rucksack, den er sichtlich zu verbergen versuchte. Okay, er wollte weg. Sein Entschluss stand fest, auch ohne Charlies Enttarnung.

»Jason, bitte, jetzt komm mal wieder zu dir. Es ist alles ganz anders, als du denkst. Wir müssen nur in Ruhe darüber reden.« Lieber Himmel, da klang sie schon genau wie ihre Großmutter.

»Was ist anders? Willst du plötzlich, dass ich hierbleibe? Wollen wir eine friedefreudepeaceful family sein und lovely joint adventures machen?«

»Nein, ich meine, ja, also niemand möchte, dass du fortgehst. Also, nicht wirklich jedenfalls und schon gar nicht Adrian oder Pia.« Jasons Miene machte ihr klar, dass der Erklärungsversuch fehlgeschlagen war. »Jetzt hör doch mal zu. Wenn du wirklich so dringend auf deine Schule willst, dann erreichst du das am besten mit Pams Hilfe. Sie will dich zwar hierbehalten, aber sie ist die Einzige, die Adrian umstimmen kann.«

»Klar, sie hat andere Argumente«, höhnte Jason, was Melli nicht verstand.

»Wie auch immer, sie kann am besten mit ihm reden. Und dann ist da noch Pia ...« In diesem Augenblick schlug die Tür auf und Charlie stand im Raum.

»Schaissn«, schrillte ihre Stimme. »Wo steckst du? Komm, feiern!«, befahl sie, ohne auf Melli zu achten. Als wäre ihr bewusst geworden, wie unfreundlich das klang, fügte sie schmeichelnd hinzu: »Ich vermisse dich. Ohne dich macht es keinen Spaß.«

»Na, prima«, sagte Melli trocken. Charlie war ihr in etwa so willkommen wie der Fuchs einer brütenden Entenmama. »Wir haben erst noch was zu regeln.«

»Ich brauche Schaissn. Jetzt«, erklärte Charlie hochnäsig und an Jason gewandt sagte sie: »Kommst du endlich?« Jasons Miene war freundlicher geworden, als hätte jemand das Licht in seinem Gesicht angeknipst. Obwohl Melli wusste, dass die Briefe schuld daran waren, war sie verblüfft, wie sympathisch und attraktiv Jason plötzlich wirkte. »Ich wollte sowieso noch mit dir sprechen, wegen denen hier.« Er griff hinter sich und wedelte sanft lächelnd mit den Papierbögen. In Charlies Gesicht blinkten tausend rote Fragezeichen. Mindestens so viele wie in Mellis. Sollte dieses Gespräch nicht unten stattfinden? In Pias Gegenwart? Hatte sie durch ihr Eingreifen schon wieder alles durcheinandergebracht? »Was soll ich damit?«, fragte Charlie ungeduldig und schob seine Hand zur Seite.

»Na, deine Briefe, ich wollte mich dafür bedanken.«

»Meine Briefe!?«, Charlies Augen fielen fast aus ihrem verständnislosen Gesicht. »Ich schreibe keine Briefe. Nie! Schaissn, ich bin total romantisch, aber doch keine alte Tante!«

»Du hast sie nicht geschrieben?« Das Licht in seinen Augen erlosch so schnell, wie es aufgeflammt war. »Ne, warum auch. Ich kann dich doch anrufen oder dir eine Nachricht schicken. Geht viel schneller.« Jasons Hand mit dem Papierbündel sank entmutigt nach unten. Sämtliche Energie schien aus ihm zu entweichen, er sank in sich zusammen.

»Dann, ladies, könnt ihr jetzt bitte gehen?«, sagte er mit einer Stimme, die von einem anderen Menschen zu kommen schien. Ohne Gefühl, tot. Als die Mädchen sich nicht rührten, sondern ihn vielmehr mit einer Mischung aus Faszination und Unverständnis anstarrten, schickte er ein scharfes »RAUS!« hinterher. Melli stolperte der flüchtenden Charlie fast über die Füße und knallte die Tür hinter sich zu. Oh nein, kein noch so schlechtes Gewissen, keine Zuckerwatte, keine Taschengelderhöhung, nichts, rein gar nichts konnte sie bewegen, dieses Höllentor noch einmal zu überschreiten. Sie ließ Charlie stehen und stakste in ihr Zimmer. Mission fehlgeschlagen. Zum dritten Mal.

Kapitel 12

Von wegen aller guten Dinge sind drei, dachte Melli, als sie an ihrem Schreibtisch saß und aus dem Fenster starrte. Aller guten Dinge sind »so lange probieren, bis es klappt«, müsste der Spruch heißen. Vor ihr lang ein frisch ausgewickeltes Wasabi-Drops, neben ihr eine Art Stundenplan, in dem sie sorgfältig eingetragen hatte, wann sie erneut in den Partynachmittag einsteigen, wann sie Pia und Charlie abfangen und wann sie Jason an seiner Flucht hindern wollte. Querverweise in dem komplizierten Diagramm zeigten an, zu welchem Zeitpunkt sie noch die Gelegenheit hatte, Annikas Schwester vor dem Bienenstich zu bewahren und die Wasserbombenschlacht der Jungs zu verhindern.

Mit stumpfen Augen starrte Melli auf ihre Liste und fühlte sich eindeutig überfordert. Die Größe ihrer Aufgabe lähmte sie, als hätte sie zum Mittagessen einen köstlichen Eisenhut-Giftsalat zu sich genommen. Gut, wenn es nicht klappte, konnte sie zum fünften Mal, dann zum sechsten Mal und ihretwegen auch zum siebten Mal einen Versuch starten, einfach so lange, bis alles zu ihrer Zufriedenheit verlief. Leider ermutigte sie die Aussicht auf unzählige gescheiterte Partys in keinster Weise. Sie seufzte aus tiefstem Herzen. Was ein Mist. Da half es auch nicht, dass Amrit einen Trostversuch startete:

»Wenn sich ein Tor des Glückes schließt, öffnet sich ein anderes.«

Wie von selbst wickelten ihre Finger langsam das Bonbon aus dem Papier. Eile war völlig überflüssig. Es war absolut piepwurstegal, wann sie die Zeit zurückdrehte, entscheidend war nur der Landepunkt in der Vergangenheit. Trotz dieser Einsicht konnte sie sich nicht überwinden, den nächsten Versuch zu starten. Immer noch war Mellis Sorge zu groß, dass es auch dieses Mal nicht funktionieren würde, und wenn sie ehrlich war, fürchtete sie auch Oma Doros Reaktion auf die unendlich wiederkehrenden Zeitschleifen. Sie war sich sicher, dass ihre Großmutter irgendwann genug von den Partys hatte und ihr mächtig zusetzen würde. Erst als sie auf dem Flur Stimmen hörte, riss Melli sich zusammen.

Natürlich, Lora suchte sie. Sie sah kurz zu ihrer digitalen Wanduhr. Die Katastrophe hatte bereits ihren Lauf genommen. Pia und Jason mussten schon längst aneinandergeraten und verschwunden sein. Pia in ihr Versteck, Jason zum Bahnhof.

Als ein zaghaftes Klopfen an ihrer Tür erklang und Lora leise »Melli, bist du da?« flüsterte, fasste sie den Entschluss. Mit einer übertriebenen Geste warf sie sich das Wasabi-Drops in den Mund, griff nach ihrer Liste, schaffte es, trotz des Schwindelgefühls konzentriert zu bleiben, und raste aus dem Zimmer, als sie sicher war, Experiment Nummer vier gestartet zu haben.

Die Musik knallte ihr mit solcher Lautstärke entgegen, dass es sie fast die Treppen zurückgeworfen hätte. Also hatten Mario und Jacob ihre Anlage schon installiert. Sie warf einen Blick auf den Plan in ihrer rechten und die Uhr in ihrer linken Hand. Zwei Minuten blieben ihr, um die DJs vor den Wasserbomben-Attentätern zu warnen. Die würden zwar erst in einer Stunde zuschlagen, aber dann war Melli zu beschäftigt, um einzugreifen. Sie flog mehr, als dass sie die Treppen hinunterlief. »Jacob!«, rief sie über die dröhnenden Bässe hinweg. »Jacob, die Jungs haben Wasserbomben mitgebracht. Wenn hier eine Schlacht losgeht, kannst du deine Boxen und Adrians Anlage vergessen. Entweder du kassierst die Dinger ein oder du musst aufpassen wie ein Luchs. Wir könnten die Musik auch ins Wohnzimmer verlegen, da ist es sicherer.« Jacob staunte sie sprachlos an. Sein Verstand schien von der Musik betäubt zu sein und arbeitete langsam wie eine vorsintflutliche Rechenmaschine. »Jacob! Wasserbomben! Wasser gleich kaputte Technik, verstehst du?« Melli musste sich zusammennehmen, um ihn nicht zu schütteln. Mario war flinker.

»Los, komm schon, du Depp, wir beschlagnahmen die feindlichen Waffen und sicherheitshalber verlegen wir die Kommandozentrale nach innen.« Endlich kapierte auch Jacob.

»Klaro, Ausschalten der feindlichen Geschütze. Wir handeln sofort.« Die Botschaft war angekommen, Melli konnte die beiden guten Gewissens alleine lassen. Und wo steckte jetzt Annika mit ihrer kleinen Schwester? Suchend schaute sie sich um. Nur fünf Minuten hatte sie für die beiden eingeplant. Da kamen sie gerade aus dem Pool, Annika im schicken Einteiler, ihre Schwester mit rosaroten Lillifee-Schwimmflügelchen. »Annika«, rief sie und ging auf die beiden zu. Na bitte, die Kleine trug keine Schuhe und war somit ein vortreffliches Opfer für Bienen und Wespen, die Kleeblüten im Rasen bearbeiteten. »Annika, ich bin vor Kurzem furchtbar gestochen worden. Kann deine Schwester bitte Schuhe anziehen? Das geht so schnell, sag ich dir.« Annika schaute zweifelnd auf die süßen Minizehen ihrer Schwester.

»Sie läuft aber gerne barfuß und wird ein grausiges Geschrei anstimmen, wenn ich ihre Schuhe hole.«

»Das Geschrei nach einem Bienenstich wird noch viel grausiger. Der tut richtig weh.« Annika zuckte die Achseln, setzte sich ihre quietschende Schwester auf die Schultern und zog davon, um Schuhe zu suchen. Gerettet. Nicht einmal drei Minuten und es gab ein Unglück weniger. Doch nun war es höchste Zeit, Pia abzufangen, Charlie war vermutlich schon eingetroffen, doch bevor sich Melli wieder die Blöße geben würde, vor dem Eingang sinnlose Erklärungen zu stammeln, würde sie Charlie lieber hier stellen. Im Übrigen konnte es nicht schaden, dass Jason selbst herausfand, wie sehr er sich in Charlie getäuscht hatte.

Mit fliegenden Fahnen segelte Melli zur Bar, an der Lora die Stellung mit einer Begeisterung hielt, als wäre sie nicht gerade zum vierten Mal dabei, die richtige Mischung eines Mad Max zu erlernen. Fast stieß Melli mit Pia zusammen, die auf die Sekunde genau mit einem melancholischen Gesichtsausdruck um die Ecke bog. Keinen Millimeter wollte sie ab jetzt mehr von Pias Seite weichen, bis die in den Armen ihres Jason lag. Also nur bildlich gesprochen. Obwohl Melli inzwischen sommersonnenpartyklar war, dass Pia sich gründlich in Jason verschossen hatte, konnte sie sich die beiden nicht so recht als Liebespaar vorstellen. Die schüchterne und schlaksige Pia, vernünftig, sanft und besonnen? Jason, dieser Nervtöter, dieser unzufriedene Eindringling? Warum nicht, gab sie zu. Und ihrer oberschlauen inneren Stimme fiel passenderweise ein: *»Die Liebe ist wie der Wind, der kommt und geht.«*

»Einen Augenblick, junge Dame!«, Melli fuhr herum, als sie die unerbittliche Stimme ihrer Großmutter hörte. Ein überaus unpassender Moment. Zwar winkte Pia eben noch schlapp Lora zu, machte allerdings schon Anstalten, Jason zu suchen. Der jedoch war sicher noch mit Charlie ... Melli stöhnte auf. Für ihre Oma hatte Melli nun wirklich keine Zeit.

»Sag mir bitte, zum wievielten Mal ich hier mit meinem Gepäck und Herrn Schlotterbeck eintreffe, und vor allen Dingen, wie oft du dieses Spielchen noch treiben willst.« Oma Doro klang nicht direkt böse. Aber sehr ungehalten und ihr stechender Blick versprach nichts Gutes. »Melli, ich erwarte eine ehrliche Antwort, warum muss ich das immer wieder tun?«

»Wegen Jason und Pia. Es gibt da ein riesiges Missverständnis, das beide unglücklich macht. Jason will sogar abhauen, weil er sich auch noch mit Adrian gestritten hat. Und ich will doch nur, dass Pia glücklich ist. Sonst wäre ich ja froh, wenn Jason durchbrennt, aber Pia ist so traurig, das halte ich nicht aus.« Und in diesem Moment wusste Melli, dass es genau so stimmte. Sie würde sogar Jasons Anwesenheit in Kauf nehmen, nur damit Pia glücklich war. Schließlich war Pia außer Lora nicht nur ihre allerliebste Cousine, sondern auch ihre beste, engste, dickste Freundin. Oma Doro bemühte sich angestrengt, die Zusammenhänge zu begreifen. Sie kniff prüfend die Augenbrauen zusammen, was ihren düsteren Blick geradezu furchterregend finster machte. Doch Melli reckte das Kinn und sagte tapfer: »Jetzt muss ich Pia hinterher. Sonst war wieder alles umsonst und du musst noch einmal backen und Taschen schleppen.« Geschickt tauchte sie unter Oma Doros Kuchenblech hindurch und raste in den Flur.

»Pia?«, rief sie fragend. »PIA!« Nein, bitte nicht, nicht schon wieder, doch da entdeckte sie Pia, die zögernd vor Jasons Zimmer stand. Jetzt aber schnell. Melli wurde ganz elend, als ihr bewusst wurde, welche Veränderungen sie selbst durch das kleinste Eingreifen bewirken konnte. Schon wieder lief nichts mehr so ab wie bei der ersten Party. Die bloße Tatsache, dass sie nicht wie damals draußen war und sich bewundern ließ, sondern mit ihrer Großmutter geredet hatte, brachte sämtliche Abläufe durcheinander. »Pia, warte, ich komme, ich muss dir etwas sagen, es ist alles ...« Wie im Traum wandte sich Pia Melli zu.

»Sie streiten. Charlie ist da drinnen. Einen Moment dachte ich, du wärst auch dabei, aber ich habe mich wohl getäuscht«, sagte sie.

»Charlie wollte Jason nur holen. Stell dir vor, er war bisher so nett zu ihr, weil er glaubte, die Briefe seien von ihr!«, keuchte Melli atemlos.

»Welche Briefe?« Pia riss die Augen auf.

»Na, die, die du ihm geschrieben hast, du Hase. Frag nicht, wieso, aber ich weiß davon.«

»Wieso? Hat Jason es dir erzählt?«, fragte sie sofort.

»Ne, Zufall eben und Eingebung. Ist nicht so wichtig. Wichtig ist, dass du es Jason sagen musst. Gerade packt er nämlich seinen Rucksack. Er will abhauen, aber die doofe Charlie-Nuss kapiert null, was los ist. Sie will nur seine Freundin sein, weil er so gut aussieht und alle ihn toll finden.«

»Außer dir.«

»Genau, außer mir, aber ich bin ja seine Schwester. Welche Schwester bitte findet ihren Bruder klasse?«

»Ich glaube schon, dass sie ihn mag«, widersprach Pia und setzte sich traurig auf den Treppenabsatz. »Ich möchte wirklich niemanden unglücklich machen.«

»Ja, außer dich selbst«, spottete Melli liebevoll. »Es kann sein, dass sie ihn mag. Aber dann ist es kein tiefes *Ich-hab-dich-lieb*-Gefühl, es ist oberflächlich.«

»Und was mache ich, wenn Jason nicht glaubt, dass die Briefe von mir sind? Was mache ich, wenn er enttäuscht ist? Vielleicht will er ja Charlie als Freundin und die Briefe sind ihm egal?«

»Nein, nein, nein«, versicherte Melli schnell. »Er will wissen, von wem die Briefe sind. Glaub mir, er hat sich in die Schreiberin verliebt, ehrlich. In dich!« Pia schoss das Blut ins Gesicht.

»Das glaube ich nicht. Er sieht mich ja kaum an. Wie kann er sich in jemanden verlieben, den er nur von Briefen kennt?«

»Pia, du bist hoffnungslos. Erstens passiert das andauernd, sonst gäbe es keine Internetplattformen für so was, und zweitens sieht er dich deshalb nicht an, weil er von Charlie getäuscht wird. Reiß ihm die Charlie-Verblendungs-Brille runter und er wird den Blick nicht mehr von dir wenden können.« Melli holte Luft und betrachtete Pia erwartungsvoll. »Also? Wollen wir Jason die Augen öffnen?« In diesem Augenblick wurde Jasons Zimmertür aufgerissen und ohne Vorwarnung stürmte Charlie wutschnaubend heraus.

»Dann hau doch ab, du Scheißtyp«, jaulte sie und stolperte mit Tränen in den Augen die Treppen hinunter. Eine Menge fürchterlicher Flüche ertönte aus Jasons Zimmer, sodass auch Melli ganz schwummrig und flau im Magen wurde. Ihre eben noch recht stattliche Siegesgewissheit war plötzlich klein wie eine Erbse, die jeden Augenblick zu Mus zertreten werden konnte.

»Ähm, wir dürfen uns dadurch nicht beeindrucken lassen. Jetzt ist Jason natürlich sauer, aber ich bin mir sicher, das legt sich, sobald er die Wahrheit erfährt!«

»Melli, ich trau mich nicht.«

»Ich sag dir mal was, wenn wir hier weiter herumhocken, endet der Tag in allgemeinem Geheule und Jason wird abhauen. Die Enttäuschung wegen Charlie hat ihm den Rest gegeben und Adrian ist verzweifelt, weil sein Sohn nicht bei ihm bleiben will«, ereiferte sich Melli. »Nur du kannst Jason überzeugen.« Pia war sichtlich hin- und hergerissen. Sie rutschte auf ihrer Treppe von links nach rechts, bis Melli es nicht mehr mit ansehen konnte. Sie nahm ihre Freundin unter den Achseln, zog sie hoch und bugsierte sie vor Jasons Zimmertür. »Da. Ich klopfe, du redest.« Manchmal war Pias Schüchternheit kaum auszuhalten.

Also war es wohl ein Wink des Schicksals, dass in diesem Moment die Tür aufgerissen wurde und Jason herausstürzte. Mit Rucksack und Jacke über den Schultern. Sekundenlang herrschte Stille. Pia, Melli und Jason starrten sich mit aufgerissenen, erschrockenen Augen an. Jeder suchte nach passenden Worten. Dann reichte es Melli. Wodurch sie den Mut fand, Jason ins Zimmer zurückzudrängen, gleichzeitig Pia mitzuziehen und ordentlich die Tür wieder zu schließen, konnte sie später nicht sagen. Gerade als Jason aufbrausen und sich gegen die rüde Bevormundung wehren wollte, sagte Pia leise: »Jason?« Sie sagte nicht »Schaissn«, was so schmalzig bescheuert klang, sondern ließ seinen Namen nach Popstar, Amerika und Abenteuer klingen, dass Melli eine Gänsehaut bekam. »Ich habe die Briefe geschrieben.« Da er nichts erwiderte, kramte Pia in ihrer Tasche und holte einen Umschlag hervor, den sie ihm entgegenstreckte. »Hier, den wollte ich dir heute geben. Persönlich. Aber dann habe ich mich nicht getraut, wegen Charlie. Deswegen bin ich so spät gekommen. Fast zu spät, nicht wahr?« Treuherzig schaute sie ihn an. Melli spürte, dass der Zeitpunkt gekommen war, die beiden alleine zu lassen, aber sie konnte nicht. Fasziniert beobachtete sie die Wandlung, die mit Jason vor sich ging. Zuerst glättete sich sein Gesicht. Die Wutfalten auf der Stirn und um die Nase herum verschwanden, die Mundwinkel entspannten sich und Jason sah plötzlich wieder aus wie ein ganz normaler, sehr, sehr süßer Junge und nicht wie ein rasender Stier. Wieder konnte Melli verstehen, weshalb ihn so viele Mädchen unwiderstehlich fanden. Vor allem, da er jetzt seine Haarlocke aus der Stirn strich, tief einatmete und Pia plötzlich mit einer Wärme ansah, die bis zu Melli reichte. Ohne den Blick von Pia zu nehmen, griff er nach dem Umschlag und strich ihn sorgfältig glatt.

»Höchste Zeit zu verschwinden«, mahnte Amrit, ausnahmsweise ohne treffendes Zitat. Als habe er seinen Fehler bemerkt, schob er gewichtig nach: *»Das Geschenk der Liebe kann man nicht geben, es wartet darauf, angenommen zu werden.«*

Noch einen Augenblick, dachte Melli, die sich von der Szene einfach nicht losreißen konnte. Zuerst musste sie absolut sicher sein, dass hier nichts mehr schieflief. Es gab keine Zweifel. Jason stellte seinen Rucksack ab, warf seine Jacke von sich und öffnete umständlich den Brief. Zu gerne hätte Melli gewusst, was darin stand. Natürlich war Pia einfühlsam, aber wie hatte sie von Jasons geheimsten Sorgen und Nöten wissen können, er, der Melli gegenüber verschlossener als ein Tresor der Sparkasse war? Aber das ging sie schlicht und einfach nichts an.

Leise schlich sie aus Jasons Zimmer und ließ die beiden alleine. Sie zog behutsam die Tür ins Schloss und atmete tief durch. Ätsch, Oma, dachte sie zufrieden, Ätsch, das hat doch super geklappt. Und weil ich heute richtig gut bin, schaffe ich es sogar noch, Christofs Grillwürstchen zu retten.

Kapitel 13

Selbst die griesgrämigen Erwachsenengesichter konnten Mellis Selbstzufriedenheit nichts anhaben. Am Fuß der Treppe begegnete ihr Pam, die auf dem Weg in die Küche vollkommen überfordert mit drei Schüsseln und einem Berg Gabeln jonglierte. »Nur noch mit Catering-Service«, zischte ihre Mutter erbost, als sie Melli entdeckte. »Nie wieder mute ich mir so etwas zu. Nie wieder glaube ich deinem Versprechen, sich um alles zu kümmern.«

»Aber ich habe mich gekümmert, Mam, nur eben nicht ums Servieren, ich habe sogar etwas viel Wichtigeres erledigt. Während ihr Jason aus dem Haus treibt, habe ich ihn mehr oder weniger überredet zu bleiben.«

»Jason? Wieso sollte er jetzt ausgehen, die Party steigt doch hier.« Lachend nahm Melli ihrer Mutter einen Teil der Last ab.

»Ich bring das schnell mal in die Küche und schau dann nach dem Grill. Irgendein Gefühl sagt mir, dass da gleich etwas schiefgehen wird!« Wieder einmal schwirrte Melli in den Garten zu ihren Gästen, als wäre sie ein Schmetterling. Sie fühlte sich so großartig, dass sie vorerst keinen Gedanken daran verschwendete, die Zeit wieder richtig zu drehen. Nun waren alle zufrieden und glücklich, diesen Zustand wollte sie so lange wie möglich genießen. Christof stand tatsächlich nicht am Grill, sondern hatte eine schwärzliche Masse Bratgut im Stich gelassen. Auf einen Blick erkannte Melli, dass die brutzelnden Steaks und Würstchen unrettbar verloren waren. Mit einer langen Holzzange zerrte sie die verkokelten Stücke vom Rost, die eingebrannt am Stahlgitter klebten. Wenigstens gab es noch genug Nachschub. Melli fühlte sich geradezu als Glücksengel, als sie ihr Hemd bei Loras Bar ablegte und sich in den Pool stürzte. Also kam sie schlussendlich doch noch dazu, ihre Schwimmkünste zu zeigen – obwohl sie erstaunlicherweise schon gar keine Lust mehr dazu hatte. Aber es durfte nicht alles umsonst gewesen sein, oder?

Ohne an Pia, Charlie und den Rest ihrer Familie zu denken, machte sie ein paar kräftige Züge, tauchte durch das ganze Becken und kraulte locker zwischen den ganzen Seepferdchenschwimmern hindurch. Lässig. Sie warf den Kopf zurück, als sie plötzlich bemerkte, dass etwas nicht stimmte. Sie fühlte sich nackt. Der Ausdruck traf es am besten. Nackt und unvollständig. Als hätte sie morgens vergessen, die Zähne zu putzen, oder abends ihre Zahnspange nicht eingesetzt. Unwillkürlich griff sie sich an den Hals. Es war weg. Sie hatte das Amulett verloren! Panik stieg in ihr auf und nahm ihr die Luft. Mit Mühe schaffte Melli den nächsten Atemzug, der fast nicht ausreichte, sich am Beckenrand hochzuziehen. Jemand spritzte sie nass, doch es interessierte sie nicht. Nachdenken, Melli, zwang sie sich. Denk nach, wann du es zuletzt hattest. Natürlich, als sie sich zurückversetzt hatte, als sie die Zeit beeinflusst hatte. Sicherlich konnte Amrits Stimme auch nur zu ihr durchdringen, wenn sie das Amulett trug, also musste sie es nach der Versöhnung von Jason und Pia noch gehabt haben. Ebenso beim Treppenlaufen, sie konnte förmlich spüren, wie das Amulett bei jedem Schritt auf ihrer Brust auf und ab gehüpft war. Also am Grill? Es war ihr doch hoffentlich nicht in die heißen Kohlen gefallen? Mit tropfnassen Haaren rannte sie zu Christof, der wieder das Kommando über das Grillgut übernommen hatte. »Melli, eine Wurst? Danke, dass du vorhin aufgeräumt hast. Man kann schließlich nicht überall gleichzeitig sein.« Mit hitzeroten Augen starrte er sie an. »Was ist los? Bist du einem Geist begegnet? Ist dir übel? Melli, du siehst fürchterlich blass aus.«

»Onkel Christof«, sagte sie atemlos. »Hast du meine Halskette gesehen? Die mit der roten Blume von Oma Doro?«

»Nein, drüben bei Lora liegt ein ganzer Stapel Klamotten, vielleicht hast du sie dort liegen lassen.«

»Hoffentlich hat sie niemand geklaut«, jammerte Melli. »Unsinn, wir kennen uns alle hier. Da nimmt keiner etwas weg, außer Würstchen. Wenn ich nur meine Zange wiederfinden könnte, dann wäre mir auch schon geholfen …«, fügte er zerstreut hinzu. Schnell bückte sich Melli, hob das gesuchte Stück vom Rasen und drückte es ihm in die Hand. Sie rannte zu Lora, die sich mit fünf anderen Mädchen tanzend und lachend an der Bar tummelte.

»Lora, verdammt, ich hab mein Amulett verloren. Wir stecken fest.«

»Hast du am Sekt geschnuppert? Oder das falsche Glas erwischt? In der pinkfarbenen Limo ist auch Alkohol drin, da muss man höllisch aufpassen.«

»Lora, nein, wir sitzen in der Klemme, also nicht in der richtigen Zeit, meine ich. Ich habe ein wenig herumgezaubert und nun kommen wir nicht zurück, weil ich mein Amulett nicht finden kann.«

»Was ist das für Schnickschnack. Wir sind doch im Hier und Jetzt, das spüre ich ganz genau. Und soll ich dir was sagen, selbst wenn es nicht die richtige Zeit wäre, dann hatte ich selten so viel Spaß. Wie wär's mit einer Limo? Ich habe noch Holunder, Rhabarber und Cassis, ansonsten Cola und Co wie gehabt.«

»Lora, du brauchst mir die Getränkekarte nicht vorzusingen. Ich rede keinen Unsinn. Wir stecken in der falschen Zeit fest, weil ich das mistige Amulett nicht mehr habe!« Zunehmende Verzweiflung schwang in ihrer Stimme mit, sodass Lora nun doch ernst wurde. »Dein komisches Halsband habe ich nicht gesehen. Du wirst es im Pool verloren haben!«

»Hab ich nicht, ich war mir sicher, es mit meinem ... mein Hemd!«, rief Melli. »Wie konnte ich nur ...« Sie schob Lora zur Seite und riss die Kleidungsstücke eines nach dem anderen hoch. Vergeblich. Kein Amulett, das herauspurzelte und für Erleichterung sorgte, kein Band, das sich irgendwo verfangen hatte. Auf dem Boden? Unter dem Stuhl? »Komisch, ich bin mir sicher, dass es hier ...« Wieder und wieder wühlte sie sich durch Loras Tresenchaos. Vom Amulett keine Spur. »Hat hier jemand herumgekruschelt?«

»Melli, bitte, niemand hat in deinen Sachen gewühlt, zumindest nicht, als ich hier zugange war. Jetzt reg dich mal ab, ich hab was für dich.«

Kurze Zeit später saß Melli wie ein Häufchen Elend in einem Liegestuhl. Lora hatte ihr fürsorglich einen algenfarbigen Drink in die Hand gedrückt und extra ein Schirmchen, einen Strohhalm und eine supersüße Cocktailkirsche daraufgesteckt, doch nicht einmal das hellte ihre Stimmung auf. Jeden, absolut jeden einschließlich Nachbars Katze hatte sie nach ihrer Kette gefragt. Doch niemand hatte sie gesehen, niemand hatte sie genommen und aufbewahrt, niemand hatte überhaupt bemerkt, dass sie Melli fehlte. Kein Wunder, meist trug sie den Anhänger ja unter ihrer Kleidung, damit er nicht sofort ins Auge fiel.

Im Augenblick ihres absoluten Tiefs schlug Pia neben ihr auf. Anders hätte es Melli nicht beschreiben können, denn die sonst so zurückhaltende Pia sprühte förmlich vor Übermut und Lebensfreude. »Melli«, rief sie beglückt und ließ sich in den Liegestuhl neben ihr fallen. »Ich bin dir so dankbar, ich bin so glücklich, nie wieder möchte ich so verzweifelt sein wie vorhin! Und du hattest recht, Jason ging es nur um den Verfasser der Briefe.« Sie kicherte andauernd. »Also, die Verfasserin. Er hat gesagt, ich wäre ihm die ganze Zeit schon aufgefallen, aber er war so von den Briefen fasziniert und hätte mir die wiederum nie zugetraut und jetzt will er es sich tatsächlich noch einmal überlegen, ob er wirklich von hier fortwill, ist das nicht gigantomatisch!« *Gigantomatisch* aus dem Mund von Pia war etwa so erstaunlich wie ein herzliches »Guten Morgen« aus Nitros gähnendem Katzenmaul. Irgendwie konnte Melli in ihrer abgrundtiefen Verzweiflung an Pias überschäumendem Frohsinn nicht teilhaben. Anstatt aufzuspringen und mit Pia einen zünftigen Jubeltanz aufzuführen, versank Melli noch tiefer im Liegestuhl.

»Du hast auch nicht zufällig meine Kette gesehen?«, unterbrach sie schließlich Pias wasserfallähnlichen Redefluss.

»Die von Oma? Ne, vorhin hattest du sie noch um. Du solltest sie lieber nicht mit ins Wasser nehmen, dafür ist das Band zu empfindlich.«

»Schlaubacke. Hab ich doch gar nicht, aber sie ist weg.« Pia schaute sich bedröppelt um.

»Das tut mir leid. Ich fand sie richtig schön, geheimnisvoll irgendwie.«

»Ja, das ist sie und genau deshalb darf sie nicht verloren gehen.«

»Melli-Maus, Süße, Doro meinte, du willst mir etwas zeigen!« Pam flog förmlich auf sie zu und Melli rappelte sich ein wenig auf. Natürlich wusste ihre Mutter, dass Melli wegen der Halskette traurig war. Wahrscheinlich sollte ihr Aufmunterungsversuch Melli ablenken, Melli bauchpinseln und damit Melli wieder glücklich machen. Ein ganz und gar durchschaubarer und sinnloser Schachzug.

»Stimmt, Mam, meinen Köpfer. Stundenlang habe ich den trainiert. Aber irgendwie möchte ich gerade nicht mehr ins Wasser, der Pool läuft ja nicht weg und morgen ist auch noch ein Tag.« Pam tat übertrieben verblüfft und zog die Augenbrauen hoch.

»Wenn ich mich nicht irre, warst du heute kaum im Wasser. Nun komm schon, dein Schmuck taucht bestimmt wieder auf oder Oma Doro besorgt einen ähnlichen.«

»DEN gibt es garantiert nicht noch einmal«, sagte Melli mit Grabesstimme und fügte unhörbar hinzu: »Hoffentlich.« Pam streckte ihr die Hand entgegen und versuchte sie aus ihrem »Lasst-mich-bitte-alle-hier-sitzen-und-stumm-leiden«-Liegestuhl herauszuzerren. Melli grummelte vor sich hin. Vielleicht würde der Schmuck ja tatsächlich von selbst wieder auftauchen. Ansonsten musste sie mit ihrer Großmutter sprechen, ob ihr ein Ausweg aus dieser Sackgasse einfiel. Wie wäre es zum Beispiel, dachte Melli mit plötzlicher Zuversicht, wenn die Familie mal nach Indien reisen und sich diesen dreisten Kerl von Amrit kräftig zur Brust nehmen würde, damit Melli von dem merkwürdigen Zauber befreit werden konnte? Das würde ihr wesentlich mehr helfen, als lebenslang auf

Scharfes zu verzichten und auf ein Amulett aufpassen zu müssen, das die Geschicke der Menschheit durcheinanderbringen konnte.

Mit neuer Energie sprang sie auf und fiel Pam regelrecht in die Arme. Die nahm Mellis Stimmungsumschwung erleichtert hin. »Okay, ich mache einen Startsprung und tauche zweimal längs durchs Becken, ohne Luft zu holen und aufzutauchen, ja? Und dann gibt es eine Taschengelderhöhung und ein jasonfreies Wochenende obendrein.« Jetzt lachte Pam aus vollem Hals. »Deine Taschengelderhöhung bekommst du wie immer an deinem Geburtstag, aber über das Wochenende können wir reden. Ein Damenprogramm vielleicht? Mit Kira und den Zwillingen? Na komm, dafür lohnt sich eine kleine Show.« Melli juchzte so laut, dass Mario sich fast an seinem fünfzehnten Cocktail verschluckte.

»Alles zur Seite, hier kommt unsere Meerjungfrau!«, rief er ausgelassen und geleitete Melli und ihre Mutter zum Pool. Erwartungsvoll drängten sich die Schwimmer an den Rand und machten Platz für Mellis Darbietung. Wie damals, als Moses das Meer geteilt hatte, trennten sich nun die Gäste und schauten Melli gespannt entgegen. Mit hochroten Wangen trat sie an den Beckenrand. Meine Güte, so einen Aufstand war ihr harmloser Köpfer doch auch nicht wert. Aber zu spät. Mario hielt seine Finger wie eine Pistole in die Luft und machte »Peng«. Melli stieß sich ab, wurde zum pfeilschnellen Fisch und durchschnitt das Wasser in perfekter Linie. Ehe sie sich versah, stieß sie an den gegenüberliegenden Rand, legte eine einwandfreie Rolle an und schaffte es tatsächlich, zwei Mal durch das Becken zu tauchen. Stolz schüttelte sie die Tropfen aus den Haaren und genoss den allgemeinen Jubel. Es hatte sich so etwas von gelohnt! Die Mühe war nicht umsonst gewesen. Sie entdeckte Schlottis strahlendes, rundes Gesicht neben ihrer Großmutter. Ihre nassen Haare auswringend, ging Melli auf ihre Familie zu.

»Du schwimmst wie ein Delfin«, rief Lora, die sich nun doch von ihrer Bar getrennt hatte, »du hast heimlich geübt, gib's zu!«

»Stimmt«, lachte Melli.

»Sei bloß froh, dass Jason nicht zugeschaut hat. Der würde glatt härtere Wettkampfbedingungen fordern«, sagte Mario mit ehrlicher Bewunderung.

»Melli-Maus, ich bin so stolz auf dich. Und ich wusste von nichts. Lieber Himmel, ich muss mich wirklich mehr um dich kümmern und nicht nur in der Uni sitzen.«

»Ach, es sollte eine Überraschung sein und Oma Doro hat mir geholfen!«, lachte Melli geschmeichelt. »Mal hier und da ein wenig geübt und schon klappte das.«

»Doro, du warst mit Melli schwimmen?«, fragte Pam erstaunt.

»Nur ein kleines bisschen. Sie muss früher einen völlig unfähigen Trainer gehabt haben, denn sie hat wirklich

Talent«, Oma Doro zwinkerte vergnügt Schlotti zu, der sich schmunzelnd im Hintergrund hielt.

»Melli, großartig. Du musst unbedingt in einen Verein, die werden sich um dich reißen!« Also das war dann doch ein wenig dick aufgetragen von Onkel Christof, fand Melli. Aber das hatte sie ja schließlich erreichen wollen – dass die Erwachsenen erkannten, dass nicht nur Jason Talent hatte. Sie warf ihre Haare zurück und knotete sich ein Handtuch um. »Danke, das ist total lieb von euch, ich zieh mich mal um, ja?« Die nächste Stunde schwebte sie durch die Gäste, ließ sich feiern und fühlte sich so wunderbar wie schon lange nicht mehr.

Kapitel 14

Am späten Abend, als die Gäste gegangen waren, saß die Familie erschöpft, aber zufrieden auf der Terrasse. Sogar Jason hatte sich aus seiner Höhle hervorgewagt und lümmelte am Tisch herum. Nur einen winzigen Augenblick schoss Melli durch den Kopf, wie einsam er sich bisher gefühlt haben musste. Aber sofort legten sich ihre eigenen Sorgen wieder wie ein dunkles Laken über ihre aufgeräumte Stimmung. Dieses Essen fand in Wirklichkeit nicht statt, es war wie ein Schauspiel oder ein Trugbild. Immer unausweichlicher wurde ein Großmutter-Enkelin-Gespräch, Mellis einzige Hoffnung, die Zeit wieder zurechtzurücken. Es musste ohne Amulett einen Weg geben, wieder zurückzuspringen, und zwar einen schnellen. Je länger Melli wartete, desto höher das Risiko, dass in der echten Zeit Dinge geschahen, die keiner wollte. Als ihre Großmutter aufstand und nach drinnen ging, lief sie ihr hinterher.

»Oma, ich muss mit dir reden«, begann Melli zögernd. »Du hast doch gesagt, ich solle nicht mehr so oft an der Zeit drehen.« Oma Doro blitzte sie mit gespannten Augen an. »Stimmt. Aber es scheint ja nun ruhiger geworden zu sein.«

»Ja, das liegt aber daran, dass das Amulett verschwunden ist und wir in der falschen Zeit festhängen«, sagte

Melli. »Oma, wir müssen unbedingt zurück, wir können doch nicht ewig in einer Parallelzeit weiterleben.«

»Wieso Parallelzeit?«

»Na, das ist schon die vierte Party. Hast du nicht mitgezählt?«

»Doch, aber nach dem letzten Schwindelgefühl dachte ich, wir wären wieder da, wo wir hingehören. Das haben wir nun von diesem verrückten Zauber«, schimpfte Oma Doro leise, damit der Rest der Familie nichts mitbekam. »Eigentlich finde ich es gut, dass das Amulett verschwunden ist, dann kommst du nicht in Versuchung, andauernd damit herumzuspielen.«

Überrascht schaute Melli auf. Nie hätte sie gedacht, dass ihre Großmutter sich über den Verlust freute. Immerhin handelte es sich um ein Geschenk von ihr. »Oma, bitte, ich muss uns zurückbringen.« Ihre Großmutter sah an ihr vorbei, als stünde dort hinten an der Wand eine gute Antwort. Plötzlich kam Melli ein Verdacht: »Sag mal, Oma, du hast nicht zufällig die Kette gefunden und an dich genommen? Um zu verhindern, dass ich sie einsetze?« Selten hatte Melli ihre Großmutter so verlegen gesehen. Sie lächelte kläglich. »Schau, Melli, die Verantwortung ist einfach zu groß für uns. Du kannst nicht ewig an der Zeit herumdrehen, so lange, bis dir das Ergebnis passt. Oder dir Vorteile verschaffen, wenn du mal gerade ein bisschen Extra-Zeit benötigst. Ich muss zugeben, dass dir die Aktion ›Schwimmen‹ hervorragend geglückt ist und die Sache mit Jason hat sich ganz wunderbar entwickelt. Heute Abend hatte ich zum ersten Mal den Eindruck, dass er sich wohlfühlt. Seit Adrian bereit ist, über diese leidige Schulfrage noch einmal nachzudenken und Jason – aus welchen Gründen auch immer – nicht mehr so dringend von hier wegmöchte, hat sich die Stimmung enorm verbessert.« Ungeduldig verdrehte Melli die Augen.

»Oma!«, regte sie sich auf. »Jetzt hör mir endlich zu. Wenn du das Amulett hast, musst du es mir zurückgeben. Es ist zwar wirklich alles prima so, aber es ist einfach nicht richtig! Lass uns bitte wieder in die normale Zeit zurückkehren, ja?«

»Wie konntest du überhaupt so lange diese Parallelzeit aufrechterhalten? Weißt du denn noch, welche Zeit die normale ist?« Na spitze, Vorwürfe konnte Melli jetzt wirklich nicht gebrauchen.

»Natürlich weiß ich das. Dein naseweiser Amrit belästigt mich nur bei Zeitsprüngen oder während Zeitstopps mit seinen Sprüchen. Jetzt herrscht zwar Ruhe, weil das Amulett weg ist, aber ich kann nun nichts mehr beeinflussen. Es bleibt eben, wie es ist, solange ich nicht etwas Scharfes esse oder am Amulett reibe.«

»Dann iss etwas Scharfes und los, Kommando zurück.«

»Ohne Amulett ist es unkontrollierbar. Wir springen dann vermutlich munter hin und her und am Schluss herrscht das blanke Chaos.«

»Schaffst du es überhaupt, uns jetzt noch zurückzubringen? Du weißt doch gar nicht, was inzwischen alles passiert ist.«

»Na klar, das spielt keine Rolle. Es kann nur sein, dass ich dann ein wenig durcheinander bin. Ihr bemerkt davon gar nichts oder hattest du bisher irgendwelche Aussetzer? Lora, Pia und die anderen sind sowieso völlig ahnungslos.« Nervös beobachtete sie, wie ihre Großmutter auf dem Grund ihrer Handtasche herumfischte. Einen rätselhaften Gegenstand nach dem anderen beförderte sie zutage, bis sie endlich das Lederband fand und es vor Mellis Gesicht baumeln ließ. »Schwörst du mir, dass es wirklich das absolut letzte Mal ist? Dass ab jetzt Schluss ist mit der Zauberei?«

Melli schluckte. In Windeseile jagten ihr all die Annehmlichkeiten durch den Kopf, auf die sie würde verzichten müssen. Generell war nämlich ein Tag viel zu kurz, um die wichtigen Dinge des Lebens erledigen zu können. Seit sie da ein wenig schummeln und die Stunden ausdehnen konnte, kam sie viel besser zurecht. Demjenigen, der diese unabänderliche Vierundzwanzig-Stunden-Sache erfunden hatte, gehörte ganz kräftig auf den Po geklapst. Sie seufzte und wand sich mindestens zwanzig Mal, schließlich rang sie sich zu einer Antwort durch.

»Jaaaa, guuuuut«, zog sie die Worte in die Länge, um zu zeigen, wie völlig unzumutbar sie diese Forderung fand. Melli schnappte sich ihren Schmuck. »Aber nur, wenn wir mal nach Indien fahren und deinen Amrit besuchen. Ich will unbedingt wissen, was das für ein Typ ist, der sich so etwas ausdenkt.«

»Melli, man fährt nicht so einfach nach Indien wie an den Badesee. Und ich wüsste gar nicht, wo ich zu suchen anfangen sollte. Vielleicht lebt Amrit schon lange nicht mehr oder sitzt senil im Seniorenheim.«

»Ha, ich glaub dir kein Wort«, höhnte Melli. Sie ahnte, dass Doro ihr nie die komplette Wahrheit gesagt hatte, was diese indische Vergangenheit betraf. »Ich bestehe darauf, sonst zaubere ich uns bis in die Zeit zurück, als du in Indien gelebt hast, und dann wollen wir doch mal schauen, was da so passiert ist.«

»Die Weisesten verstehen die Zukunft, die weniger Weisen die Vergangenheit, die noch weniger Weisen die Gegenwart«, meinte Amrit zu Mellis Idee, er schien wieder voller Energie, seit sie das Amulett in den Händen hielt.

»Das ist mir völlig egal und ich verstehe sowieso nicht mal die Hälfte deines blöden Geschwätzes«, wetterte Melli. »Ehrlich«, wandte sie sich an ihre Großmutter. »Schon wieder muss ich mir diese Sprüche von deinem Amrit anhören. Die Weisesten tun dies und das und jenes nicht und sind eigentlich saublöde«, äffte sie seine Stimme nach und glaubte dabei, seit Langem wieder Amrits Gesicht zu sehen. Einem geisterhaften Schatten gleich, glitt für wenige Sekunden eine dunkle Gestalt durch ihre Gedanken mit funkelnden schwarzen Augen, deren Sanftheit einen heftigen Kontrast zu dem herausfordernd frechen Grinsen und den strahlend weißen Zähnen bildete. Melli schüttelte sich, um das Fantasiegebilde loszuwerden. »Ich weiß, dass Indien weit weg ist, aber vielleicht können wir dem Spuk so ein für alle Mal ein Ende bereiten. Selbst wenn du mir das Amulett wegnimmst, bleibt ja immer noch das Problem mit der Schärfe. Auf alle Zeit werde ich aufpassen müssen, was ich esse, wenn es keine größeren Dramen geben soll.« Damit hatte sie ihre Großmutter am Wickel. Melli konnte förmlich beobachten, wie das schlechte Gewissen bei ihr einschlug. Oma Doro wurde weich wie ein überreifer Pfirsich.

»Nun gut. Du bringst uns jetzt wieder zurück und dann sehen wir weiter. Sollte sich eine Gelegenheit für diese Reise ergeben, dann werden wir sie machen, versprochen.« Melli nickte langsam. Sie spürte Doros bohrende Blicke in ihrem Rücken, als sie langsam nach oben ging und sich in ihr Zimmer zurückzog. Nichts durfte schiefgehen. Keine Ablenkung, die richtige Schärfe, ein nachdrückliches Reiben, alles musste stimmen.

Bedächtig steckte sie sich einen Wasabi-Drops in den Mund, spürte das vertraute Schwindelgefühl, schloss die Augen, während sie sanft, aber bestimmend über ihr Amulett strich, und wartete ab. Lange hatte sie nicht den Mut, die Augen zu öffnen. Was, wenn die Zeit wieder mal nicht stimmte? Was, wenn inzwischen Dinge geschehen waren, die sie nicht vorhergesehen hatte? Schreckliche Ereignisse? Eine Art Katastrophenfilm lief vor ihrem inneren Auge ab. Sie sah Krankenwagen, Blaulichter, Panik in Pams und Kiras Gesichtern, sogar einen Friedhof. Was würde ihr begegnen, wenn sie jetzt ein wenig linste? Sie war nicht allein, das spürte sie. Irgendjemand beobachtete sie, kam leise näher. Mellis Herz klopfte lautstark, als sie sich aus der sicheren Dunkelheit herauszwang. Unmittelbar vor sich nahm sie einen Schatten wahr. Ihr Herzschlag verdoppelte sein Tempo. Die Gestalt bewegte sich auf sie zu. Schon spürte Melli den Atem auf ihren Wangen – und einen zarten Lufthauch, der eindeutig nach Melonen-Körperlotion roch. Nur ein Mensch in ihrer Umgebung liebte Melonen-Körperlotion, und zwar … endlich riss sie die Augen auf und starrte direkt in Loras Gesicht.

»Melli? Was hockst du hier so weggetreten herum? Ich habe mir gerade überlegt, ob ich mal anklopfen soll da oben«, sie deutete ein Tocktock an Mellis Kopf an.

Unendliche Erleichterung durchflutete Melli. Nur ein bisschen kratzig klang ihre Stimme, als sie scheinbar unbekümmert sagte: »Nichts, ich habe nachgedacht. Und was machst du hier?« Lautes Lachen war die Antwort.

»Sehr witzig. Wirklich. Okay, ich meine, du warst die letzten zwei Tage sehr, sehr merkwürdig, ich nehme an, du hast zu wenig Sauerstoff abbekommen, als du deinen

Tauchmarathon hingelegt hast. Aber ich wohne jetzt hier. Wenn sich Madam mal bitte erinnern möchte? Nach der Party wurde vereinbart, dass Pia und ich Ferien bei euch machen. Ich meine, was will man mehr? Gutes Wetter, luxuriöses Haus, voller Kühlschrank und natürlich ein Pool.« Ein kurzer Blick zum Funkwecker verriet Melli, dass es später Vormittag war, zwei Tage nach der Party.

»Und wo steckt Pia?«

»Pia klebt mit Jason zusammen. Die beiden sind zusammengetackert wie ein Prüfungsbogen der Matheolympiade. Sie warten schon im Freibad und wir fahren da jetzt auch hin, Mario und Jacob kommen nach. Falls du es vergessen hast: Heute trittst du gegen Jason an. In einer Stunde geht's los!«

Kapitel 15

Ich habe eine Überraschung für dich«, sagte Lora stolz, als sie vor dem Freibad standen. Umständlich kramte sie in ihren Taschen nach Kleingeld. »Du lädst mich ein und bezahlst den Eintritt?«, fragte Melli.

»Nein, aber so ähnlich. Papa hat uns für die zwei Wochen ein dickes Spesenkonto eingerichtet. Er hat Pia und mir je fünfzig Euro Taschengeld für Pizza, Kino, Schwimmbad und so weiter gespendet, nicht schlecht, oder?« Melli nickte beeindruckt und wartete, bis Lora die Tickets ausgehändigt bekam.

»Die anderen sind auf der Liegewiese beim Beachvolleyballfeld, haben sie gesagt.« Noch war es fast leer im Freibad. Der bedeckte Himmel sorgte dafür, dass die meisten Gäste erst nach dem Mittagessen kommen würden. Genug Platz also, um einen echten Wettkampf auszutragen. »Dahinten. Sie spielen Volleyball«, rief Lora und winkte.

Je näher der Wettkampf rückte, desto nervöser wurde Melli. Ihr Magen krampfte sich zusammen, als sie Jasons gekonnten Schmetterball sah, den Pia mit einer eleganten Baggerbewegung zurückbeförderte. Pia war eine sensationelle Volleyballspielerin, die sich schnell wie eine Gazelle bewegte. Und Jason hatte den Körper eines Megasportlers. Dagegen sah Melli aus wie ein muskelarmer

Mickerling. Der Wettlauf zwischen Hase und Igel fiel ihr ein. Gleich würden die Zuschauer ein ähnliches Ereignis im Wasser sehen: Ein ausgewachsener indopazifischer Fächerfisch trat gegen eine unterernährte Bachschmerle an. Spitze. Oder Clownfisch Nemo gegen den fiesen Hai Bruce. Bruce mit Jasons Gesicht – die Vorstellung brachte Melli zum Grinsen.

»Ich mach mich schon mal warm«, erklärte sie, um sämtlichen Gesprächen zu entgehen.

»Nichts da. Erst wenn alle hier sind«, bestimmte Lora und führte Melli behutsam zu ihrem Lagerplatz. Pia und Jason klatschten sich kameradschaftlich ab und begrüßten die Mädchen. »Oh Melli, es ist so schrecklich«, jammerte Pia unvermittelt los. »Ich weiß gar nicht, wem ich die Daumen drücken soll. Macht so etwas nie wieder, ja?«

»Ich bin auch ohne Daumen sehr gut«, erklärte Jason großzügig. »Du kannst ruhig für deine Cousine die fingers crossed halten.«

»Jason, das ist so lieb von dir.« Er erntete nicht nur einen dankbaren Blick, sondern auch eine überschwängliche Umarmung. Lora und Melli sahen verlegen zur Seite und breiteten umständlich ihre Strandtücher aus.

Lora sah sich um. »Wo bleiben denn die Jungs?«

»Wie immer zu spät.«

»Und die Krönung, unsere Überraschung?«

»Die trifft eben am Parkplatz ein, Oma Doro hat angerufen.«

»Och Pia, jetzt hast du es verraten«, sagte Lora enttäuscht und zog ein langes Gesicht.

»Aber nur zur Hälfte!«, rief Pia schnell. »Sieh mal, da kommen sie schon.«

Melli drehte sich in die Richtung, in die Pia zeigte. Tatsächlich strebte ihre Großmutter auf sie zu, von einem keuchenden Herrn Schlotterbeck verfolgt. Gutmütig lachte er zur Begrüßung.

»Es wird mir langsam zur Gewohnheit, eurer Großmutter hinterherzulaufen. Ich brauche dringend Ferien, Mädchen, diese Sache hier muss zum Abschluss kommen. Melli, bist du fit?«

»Unser Schiedsrichter-Team«, stellte Lora die beiden stolz vor. Na spitze, das war ja eine gelungene Überraschung. Jetzt war Melli noch aufgeregter als ohnehin schon. Jason zu besiegen, war das eine, aber Schlotti zu zeigen, was sie inzwischen konnte, das war die echte Herausforderung. Nachdem auch Jacob und Mario als Jasons Coaches eingetroffen waren, verkündete Lora noch einmal die Bedingungen, die sie ausgehandelt hatten. »Es gab einen echten Verhandlungsmarathon, politische Gipfeltreffen sind ein Witz dagegen, aber wir haben unsere Forderungen knallhart durchgesetzt«, berichtete Lora stolz. Melli hatte keine Ahnung, wovon sie sprach, da konnte ihr Lora noch so oft zuzwinkern. Die Verhandlung fiel in den Zeitzauber-Zeitraum und war somit aus Mellis Kopf gelöscht. Netterweise wiederholte

Lora das ausgeklügelte Regelwerk, damit die Schiedsrichter auch nichts falsch machten. »Es war wichtig, dafür zu sorgen, dass Melli nicht von vornherein auf einem aussichtslosen Platz startet, wir mussten sozusagen Jasons unfaire Vorteile ausgleichen. Herr Schlotterbeck, hören Sie bitte gut zu.« Mellis Schwimmtrainer setzte eine aufmerksame Miene auf. »Zuerst wird es ein Wettschwimmen geben. Melli krault und kann ihren Stil jederzeit wechseln und Jason muss brustschwimmen, dann ist er nicht so schnell.« Jason seufzte und verdrehte gequält die Augen. »Natürlich bekommt Melli zusätzlich eine Bahn Vorsprung. Beide schwimmen sechs Bahnen, wer seine persönliche Bestzeit unterschreitet oder zuerst anschlägt, gewinnt.« Herr Schlotterbeck zeigte Bestürzung, verkniff sich allerdings einen Kommentar. »Danach werden Startsprung vom Block und anschließendes Tauchen bewertet. Stil und Strecke. Jason bekommt zehn Meter abgezogen. Ihr müsst darauf achten, dass der Po deutlich unter der Wasseroberfläche bleibt. Dümpeln mit Kopf unter Wasser zählt nicht.« Dieses Mal keuchte Oma Doro. Pia griff nach Jasons Hand und stieß Jammerlaute aus. »Und zum Schluss Turmspringen. Jeder hat nur einen Versuch: Salto vom Einer, Köpfer vom Dreimeterbrett und Freistil von fünf Meter.«

»Das hört sich ausgesprochen fair an, muss ich sagen. Als Mellis Trainer habe ich allerdings eine Frage an Jason: Bist du dir sicher, dass du diese Bedingungen annehmen willst? Mein Schützling hier ist nicht zu unterschätzen«, sagte Herr Schlotterbeck. Jason zuckte die Schultern. »Yeah, sure, that's okay. Diese girls werden zu Bestien, wenn ich nicht zustimme.« Die unschuldigen Mienen der Mädchen sagten zwar etwas anderes, aber Herr Schlotterbeck nickte verständnisvoll. »Ja, ich weiß, was du meinst. Dann können wir anfangen? Schwimmt euch eine Runde ein, wärmt euch gut auf, es geht ums Ganze.«

Warum muss sich Jason nur so cool geben, ärgerte sich Melli im Stillen. Wenn er nicht aufpasste, würde das Wasser um ihn herum gefrieren, jawohl. Anscheinend nahm er sie als Gegnerin nicht ernst, was ziemlich leichtsinnig war. Sie runzelte die Stirn und nahm sich vor, ihm seine Überlegenheit auszutreiben.

»Äh, laufen schon Wetten?«, warf Mario ein. »Ich würde auf Jason wetten, auch wenn ich weiß, was Melli draufhat. Um was geht's überhaupt? Ein Pokal, die Ehre, Pommes für alle?«

»Alter, du musst natürlich auf Jason wetten, wir sind schließlich seine Coaches«, nickte Jacob.

»Es geht nur um die Ehre, keine Geldgeschäfte bitte. Die Pommes übernehme ich, egal wer gewinnt, und eure ekelhaft ungesunden Getränke bezahle ich auch«, sagte Oma Doro.

»Yo, dann wette ich gegen Lora«, sagte Mario. »Eine Woche Englischhausis, wenn Jason gewinnt.«

»Ich will aber nicht, dass du in meinem Englischheft herumkrakelst. Ich mach dir die Hausaufgaben, wenn Jason gewinnt, und wenn Melli führt, woran ich fest glaube, dann ...«, sie grübelte, denn es gab nicht viel, was Mario für sie tun konnte, »... dann spendierst du mir fünf Kugeln Eis.« Mario wackelte mit dem Kopf. Nach ausgiebigem Abwägen streckte er Lora die Hand entgegen. »Einverstanden, wenn Jacob sich beteiligt.« Jacob brummte ungeduldig.

»Können wir endlich anfangen?«

Gemeinsam gingen sie zum Schwimmerbecken, in dem lediglich ein paar ältere Leute ihre Runden drehten. »Ich halte das nicht aus, ich glaube, ich sehe lieber nicht zu«, bibberte Pia, die plötzlich neben Melli stand. Angesichts ihrer Cousine fühlte sich Melli trotz ihrer wackeligen Knie, als hätte man ihr drei Packungen Beruhigungstee verabreicht. Ein schlimmeres Nervenbündel als Pia konnte sie sich nicht vorstellen. »Quatsch«, meinte Lora zu ihrer Schwester. »Das hältst du noch viel weniger aus. Du kannst unmöglich so tun, als ob dich der Wettkampf nichts angeht. Bleib neben mir, und wenn es ganz spannend wird, darfst du mich kneifen.«

Melli traute sich kaum, zu Jason hinüberzusehen, der eben überaus elegant im Wasser verschwand. Ich bin besser, betete sie sich vor. Oder zumindest genauso gut. »Melli, ehrlich«, Schlotti legte ihr die Hand auf die Schulter. »Gegen einen älteren Jungen anzutreten, ist mutig.

Gegen seine Kraft und Ausdauer wirst du wenig Chance haben, aber mit Stil und Technik kannst du viel ausrichten. Mach es genau so, wie wir es geübt haben, und dein Jason hat eine harte Nuss zu knacken.« Als sie vorsichtig ins Wasser stieg, bemerkte sie, dass Pia inzwischen an ihren Fingerknöcheln nagte. Allein um Pia aus ihrem Zwiespalt zu helfen, musste sie ihr Bestes geben. Ein Unentschieden wäre eine prima Lösung. Sehnsüchtig dachte sie an ihr Amulett. Wie viel einfacher wäre es damit. Doch kaum schwamm Melli im Wasser, wurde sie zuversichtlicher. Die Bewegungsabläufe waren ihr inzwischen in Fleisch und Blut übergegangen. Gemütlich zog sie zwei Bahnen und genoss die Leichtigkeit, mit der sie durchs Wasser glitt. Herr Schlotterbeck blies in seine Trillerpfeife. »An den Start. Ich habe zwei Bahnen für uns absperren lassen, damit euch keiner im Weg rumpaddelt.« Melli und Jason kletterten aus dem Becken und nahmen ihre Startpositionen ein. Jasons respektvoller Blick zeigte Melli, dass er sie jetzt nicht mehr für ein Seepferdchen hielt. Sie straffte ihren Rücken, beugte sich nach vorn und wartete auf das Startzeichen. Perfekt. In ihren Ohren klang noch der Pfiff, als sie schon ins Wasser stieß. Jetzt galt es, langsam zu beginnen. Die Kräfte einzuteilen. Die erste Bahn gehörte ihr, egal, wie lange sie brauchte, Jason hatte zu warten. Je länger, desto quälender für ihn. Sie pflügte geruhsam, aber kraftvoll dahin, nahm die Kehre in Angriff und legte einen Zahn zu.

Jason musste sich bereits in der Aufholjagd befinden. Schneller, sie musste unbedingt schneller ... Kam er ihr da etwa schon entgegen? Unmöglich. Der Kerl war ein Jetboot in Menschengestalt! Sie versuchte, den Rhythmus ihrer Arme und Beine zu beschleunigen. Nichts schlimmer, als wenn sie ihren Takt verlor. So, das fühlte sich gut an. Nach der zweiten Kehre wurde ihr die Luft knapp. Ihr Herz schlug wie verrückt, die Anspannung machte sich bemerkbar. Schneller. Jason hatte sie sicher bald eingeholt. Atmen konnte sie, wenn der Wettkampf vorbei war. Es ging sicherlich noch mehr. Sie konzentrierte sich auf den Beinschlag, wäre fast aus dem Takt geraten. Nein, lieber sicher und gleichmäßig, als sich zu verhaspeln. Nur noch zwei Bahnen. Ihre Kehre misslang, sie tauchte zu kurz und kam ins Zappeln, was sie einen unnötigen Schwimmzug kostete. Mistiger Mist. Sie konnte den Sog förmlich spüren, mit dem Jason zu ihr aufschloss. Jetzt nur nicht nachlassen. Brustschwimmen war wesentlich mühsamer. Sie stellte sich vor, sie wäre ein Wasserrad nach einem Wolkenbruch. Schneller, trotz der Muskelschmerzen. Obwohl sie sich übermenschlich anstrengte, schob sich Jason unaufhaltsam an ihr vorbei. Das war doch nicht zu fassen, ihre Arme glichen Granitblöcken, ihre Beine waren Baumstämme, es ging nichts mehr und er schwamm Zug um Zug dem Sieg näher. So sah das also aus, was Schlotti mit Kondition und Kraft gemeint hatte. Ein letztes Mal bäumte sie sich auf und schnellte nach vorn, doch vergeblich. Jason hatte sie überholt und setzte zur letzten Kehre an. Für sie blieb nur noch die Hoffnung, ihre eigene Bestzeit zu schlagen. Mit zusammengekniffenen Zähnen bewältigte sie die letzte Bahn und schlug am Beckenrand an, als Jason sich schon aus dem Wasser helfen ließ. Doch anstatt sich beglückwünschen zu lassen, reichte er Melli die Hand und zog sie heraus. »Schwester, ich entschuldige mich. Du bist erste Kanone, wirklich, allererste Kanone. Ich hätte dir so ein Tempo nie zugetraut, really.«

»Sahne«, keuchte Melli. »Das heißt Sahne ... und danke, du auch.« Doch weiter kam sie nicht. Jemand warf ein Badetuch über sie, nahm ihr das letzte bisschen Luft mit einer Umarmung, ein anderer riss an ihren Armen und sie spürte, wie sie kurz an einen sehr dicken, kugeligen Bauch gedrückt wurde.

»Großartig, Mädchen, in sensationell kurzer Zeit hast du dich zum echten Profi gemausert. Man könnte meinen, du hättest Tag und Nacht trainiert«, lobte Schlotti. »Unentschieden«, jubelte Pia glücklich. »Jason hat gewonnen, aber Melli ihren persönlichen Rekord gebrochen! Juhuuu, unentschieden.« Melli ließ sich abwechselnd drücken, abklatschen und trocken rubbeln. Das Glücksgefühl hatte ihren Verstand noch nicht einmal erreicht, da stand sie schon wieder am Startblock, um mit Jason um die Wette zu tauchen. Mario und Jacob schwammen als Entfernungsmarkierung bei zehn und fünfzehn Metern im Wasser und Lora paddelte bei zwanzig Metern, überzeugt, dass es nie im Leben jemand bis zu ihr schaffen würde. Stimmt, dachte Melli. Sie konnte schon jetzt sagen, dass sie *null Komma nullnull* Aussichten hatte, Jason zu schlagen. Seine Lunge musste das Volumen eines Fünfhundert-Liter-Tanks haben, so wie er vorhin an ihr vorübergeschossen war. Nicht die kleinste Mühe war ihm anzumerken gewesen, gerade als hätte er zu Hause mal kurz den Müll rausgetragen, was er ja sowieso nie tat. Ungerecht war das, absolut unfair. Sie hätte sich nie ... Na, egal, Luft holen, und zwar richtig tief! Schlotti pfiff, Jason und Melli sprangen und dann dröhnte nur noch Wasser in Mellis Ohren. Zwölf Meter konnte sie schaffen, vielleicht sogar fünfzehn. Nachdem sie Mario hinter sich gelassen hatte, brannten ihre Lungen, dass sie glaubte, jemand hätte darin ein Feuerchen angezündet. Sie ließ ein wenig Luft ab und kam damit fast bis zu Jacob. Seine Beine konnte sie schon zappeln sehen. Sie musste auftauchen. Unbedingt, sonst würde es eine Melli weniger auf der Welt geben. Aber ein Schwimmzug gelang ihr noch. Ganz sicher. Herrje, wo einer ging, da war sicher auch ein zweiter möglich. Ihr wurde schummrig, der Schmerz griff auf ihren ganzen Körper über, der schon auftauchte, ohne dass sie den Befehl dazu gegeben hatte. Sie zwang den Kopf unter Wasser für den letzten Schwimmzug, doch vergebens. Keuchend und japsend kam sie an die Oberfläche. Gar nicht so schlecht. Sie war irgendwo zwischen Lora und Jacob gelandet.

»Sechzehneinhalb Meter«, rief Pia und notierte sich den Wert. Von Jason war noch nichts zu sehen. Immer noch nicht. Suchend schaute Pia über das Becken und auch Melli hielt jetzt Ausschau. Hoffentlich ging es Jason gut. Hoffentlich trieb ihn der Ehrgeiz nicht dazu, zu lange unter Wasser zu bleiben. Er konnte doch unmöglich noch weiter tauchen? Hilfe suchend sah sie zum Publikum. Oma Doro fing an zu klatschen, Schlotti fiel ein. Keiner schien besorgt zu sein. Da, endlich. Am Ende des Beckens schoss ein dunkler Schopf aus dem Wasser. Pia quietschte erleichtert und rannte hin, um Jason in Empfang zu nehmen. Das ganze Becken hatte er durchquert. Sicher hätte er noch länger tauchen können. Oh Mann. Kopfschüttelnd schwamm Melli zu der Leiter und kletterte hinaus. Sie ging direkt zu Jason.

»Du bist Schlagsahne, gratuliere«, grinste sie schief. »Ich hätte mich nie aufs Tauchen einlassen sollen. Hast du schon mal messen lassen, wie viel Luft da reingeht?« Sie tippte mit dem Finger auf seine Brust.

»Ist nur Training«, winkte Jason ab. »But – thanks. Wie weit hast du es geschafft?«

»Sechzehn fünf«, verkündete Mario. »Sie hat so was von abgekackt.«

»Mario!«, rief Pia tadelnd. »Mach's erst mal besser, bevor du beleidigend wirst. Außerdem haben unsere Schiedsrichter Mellis Stil besser bewertet. Also unentschieden.«

»Quatsch, Jason führt. Englischhausaufgaben ade«, trällerte Mario.

»Noch hat niemand gewonnen oder verloren. Die Sprungtürme sind frei. Lasst uns gleich weitermachen.« Mellis Großmutter lotste die Gruppe weiter. »Da hätte dir auch das Amulett nicht weitergeholfen, nicht wahr?«, raunte sie Melli zu, was die wortlos gelten ließ. Dafür zog sie ein Gesicht, als sie die beiden Sprungtürme vor sich sah. Sie liebte das Springen, aber rechnete sich in etwa so hohe Chancen aus zu gewinnen wie beim Tauchen.

»Womit wollt ihr beginnen? Einer, Dreier oder Fünfer?«, fragte Lora und zückte den Bogen, in den sie die Ergebnisse eintrug. »Wir haben überlegt, dass wir nach jedem Sprung abstimmen, wer besser war. Drei Ergebnisse, da muss also einer gewinnen.«

»Lass uns klein starten. Zuerst Salto vom Einer, okay?« Melli stimmte zu. War sowieso egal. Normalerweise hätte sie gejubelt. Sie sprang für ihr Leben gern. Dieses Gefühl, ins Wasser einzutauchen, wenn der Lärm der Umgebung mit einem Tosen verschwand und dann nur noch Rauschen und Gluckern blieben. Diese Stille, bis man wieder das Wasser durchbrach und an die Oberfläche kam. Das liebte sie. Wieder zitterten ihre Knie. Ihr Herz mochte sich gar nicht mehr beruhigen. Einen Salto also. So elegant wie möglich. Jetzt kamen ihr das Tanzen und ihre Beweglichkeit zugute. Melli nahm Anlauf, schnellte in die Höhe, wurde blitzschnell zur Kugel, streckte sich und tauchte ins Becken ein. Aus Fernsehübertragungen wusste sie, dass der Sprung geglückt war, wenn wenig Wasser aufspritzte. Soweit sie das beurteilen konnte, war der Salto absolut gelungen. Tosender Applaus bestätigte das. Lächelnd stieg sie aus dem Wasser und machte Jason Platz. Der nahm ebenfalls großzügig Anlauf, sprang drei Mal auf dem Brett, immer höher und höher, setzte zum zweifachen Salto an und kam dann aus dem Gleichgewicht. Entsetztes Aufstöhnen unter den Zuschauern. Selbst Melli hielt die Luft an. Doch er fing sich wieder, sein letzter Salto allerdings glich einer schrägen Schraube, bevor er in einer Fontäne im Wasser versank. Ätsch, daneben. Das kam davon, wenn man zu dringend etwas beweisen wollte, dachte Melli. Ihr Köpfer vom Dreier wurde allerdings auch nicht besser. Von wegen drei Meter, das waren gefühlte zehn! Hauptsache geschafft. Hier glänzte Jason, der vom Brett nach oben schnellte, sich wie ein Taschenmesser zusammenklappte, dann aufsprang und ins Wasser stieß. Nahezu ohne Spritzer. Melli seufzte. Schon wieder unentschieden. Sie ignorierte das angespannte Flüstern und Raunen der anderen, als sie die Leiter zum Fünfer erklomm. Freistil. Sie konnte sich einen Sprung aussuchen. Köpfer ging von der Höhe gar nicht. Aber eine Schraube? Oder irgendwie rückwärts? Einfach ein astreiner Senkrechtsprung? Sie entschied sich für eine Art Kugel, die kurz vor dem Eintauchen aufsprang. So wie Jason vorhin, nur nicht kopfüber.

Na ja, Freistil eben. Gerne hätte sie ihm den Vortritt gelassen. Dann hätte sie gewusst, wie hoch die Latte lag. Nach ihrem Sprung setzte sie sich an den Beckenrand und ließ die Beine ins Wasser baumeln. Jason ging ruhig bis zum Ende des Brettes, breitete die Arme aus und Melli wusste, dass sie verloren hatte.

»Das war ein echter Auerbach. Geschraubt. Da bin ich aber platt, astrein ausgeführt«, hauchte Schlotti.

»Das ist doch voll ungerecht. Wer konnte ahnen, dass Jason auch Turmspringer ist. Der kann einfach alles«, jammerte Lora. »Keinen Ton hat er gesagt, nur so komisch geschmunzelt.«

»Ist nicht so wichtig«, sagte Melli, ein wenig geschockt. Dass jemand tatsächlich die komplizierten Abläufe eines solchen Saltos beherrschte, machte sie fassungslos. »Eigentlich ging es ja ums Schwimmen und da habe ich mich doch gar nicht schlecht geschlagen, oder?«

»Ich bin so sorry, aber bei uns kann jeder Schwimmer auch ein bisschen springen«, entschuldigte sich Jason. »Wir hatten in der Schule einen high diving pool«, fügte er hinzu. »Es war nicht fair, ich gebe das zu, aber ihr habt mich einfach, wie sagt man? Gereizt?« Okay, Melli hatte verloren. Aber knapp, oder?

Herr Schlotterbeck nahm noch einmal seine Pflicht als oberster Schiedsrichter wahr und gab das offizielle Endergebnis bekannt: »Nun, das Turmspringen hat Jason gewonnen. Wenn es auch Punktabzug für verschwiegene

Fähigkeiten gibt. Melli gewinnt das Schwimmen, da sie ihre Bestzeit übertroffen hat, und Jason das Tauchen. Auch hier ein halber Punkt Abzug wegen, wie soll ich sagen, einem gewissen Ungleichgewicht in den Voraussetzungen. Trotzdem hat insgesamt Jason gewonnen. Knapp gewonnen!« Prüfend blickte er in die Runde, ob jemand Einwände erhob.

Melli spürte, dass Lora und die anderen auf ihre Reaktion warteten. Vor allem Jason, der unschlüssig neben Pia und ihrer Großmutter stand und nicht wusste, ob er sich nun freuen durfte oder nicht. Ein merkwürdiger Wettkampf war das. Melli konnte ein Grinsen nicht unterdrücken. Vermutlich war ihm so etwas noch nie zugestoßen. Immer nur Höchstleistung. Und hier wurde er regelrecht für seine Talente bestraft. Hatte ihr zwar nichts gebracht, aber sie verstand, dass er jetzt keine ausgelassene Freude empfand. Und sie? War sie beleidigt? Oder großzügig? Sie horchte in sich hinein. Jason schwamm besser als sie. Das war doch wohl logisch. Ha, siehste, es machte ihr so viel aus, als gäbe es morgen Mittag Sauerkraut zum Essen, nämlich gar nichts! Sie ging auf ihn zu und reichte ihm die Hand.

»Hey, das passt schon. Wenn du mir versprichst, dass du mir das Springen beibringst, ja? Bis jetzt zappeln vorwiegend Jungs am Sprungturm rum und die Mädchen schauen zu. Ich sag dir, ich werde die Sensation. Mindestens diesen Auerhahn will ich lernen, ja?«

»Auerbach«, murmelte Schlotti gerührt. Oma Doro tätschelte seinen Arm.

»So ist's richtig, Kinder. Ich habe schon beim Kiosk Bescheid gegeben, los, stürmt die Theke! Auf unsere Gewinner«, freute sie sich über das Friedensangebot.

»Eine Woche keine Englischaufgaben«, jubelte Mario und Jacob fügte hinzu: »Und kein Eis ausgeben, Alter, ich bin so pleite.«

»Es macht dir echt nichts aus?«, fragte Lora skeptisch.

»Ne. Ich weiß auch nicht. Gegen echtes Können ist halt kein Pfusch gewachsen, das muss selbst ich anerkennen. Er hat jahrelang geübt, wie soll ich da mithalten? Selbst meine Zeitzauberei hätte mir nicht geholfen.« Lora prustete empört. Ob sie damit die Zauberei verurteilte oder einfach nichts darüber hören wollte, war nicht klar. »Ich nehm jedenfalls große Pommes und eine doppelte Portion Softeis. Und du?«

Kapitel 16

Wir entführen Jason heute zu einem Ausflug. Schließlich hatten wir eine Überraschung versprochen!«, verkündete Pam eines Morgens, als sie alle gemeinsam um acht Uhr zu einem viel zu frühen Frühstück zusammensaßen. Das war außerordentlich. Melli konnte sich an keinen Ferientag erinnern, an dem sie vor zehn Uhr aufgestanden waren. Meistens holten sie sich schnell was aus der Küche, lümmelten auf der Terrasse herum oder warteten, bis sich um die Mittagszeit jemand bereit erklärte, zu kochen oder Pizza zu holen. Der Himmel schlechthin! Diese unmenschliche Uhrzeit hatte Pam unter Androhung von Nagellackentzug während der Sommerferien, Eisbeutel-Waschungen mitten in der Nacht und in Jasons Fall, Ausschluss der englischen Flüche für drei Monate durchgesetzt. Also saßen sie jetzt alle mundfaul mit verquollenen Augen und mürrischen Gesichtern um den Tisch. Mellis Meinung nach hätte Jason misstrauisch nachbohren müssen, um was für eine Überraschung es sich denn handelte, gerade wenn Pam es ihnen als gute Idee verkaufen wollte. Doch er starrte unglücklich vor sich hin, als erfülle ihn die Aussicht auf eine Autofahrt ins Blaue mit großer Sorge.

Also fragte Pia: »Was für eine Überraschung soll das denn sein?« Pam lächelte milde.

»Darauf erwartest du natürlich keine Antwort, oder? Wir sind nachmittags zurück, schätze ich. Macht euch auf etwas gefasst.« Das wiederum hörte sich für die Mädchen geradezu bedrohlich an. Mit flink getauschten Blicken versicherte sich Melli, dass die Freundinnen genauso dachten wie sie.

»Öhm, Mam, ich nehme nicht an, dass ihr Jason irgendwo aussetzt und ohne ihn zurückkommt, oder? Das ist nämlich gar nicht mehr nötig. Er darf gerne hierbleiben.«

»Nein, Melli-Maus, oder siehst du hier irgendwelches Gepäck herumstehen?«

»Dann wollt ihr einkaufen? Vielleicht auch das Schloss besuchen? Mann, das hängt uns schon zum Hals heraus, da könnt ihr gerne alleine hin. Aber kommt bloß nicht auf die Idee, ohne uns in den Freizeitpark zu gehen.« Jetzt hob Jason einigermaßen alarmiert den Kopf.

»Ich werde kein Schloss besichtigen. Never.« Adrian schüttelte den Kopf.

»Keine Sorge.« Pam und Adrian nickten einträchtig, dabei lächelten sie so unglaublich gönnerhaft, dass ihnen Melli am liebsten die Augen ausgekratzt hätte.

»Also gut, ihr wollt es nicht anders, wir fragen nicht mehr, wir reden nicht mehr, wir schweigen für immer«, schmollte sie.

»Dann könnte ich doch eigentlich auch mitkommen, oder?« Warum nur konnte sich Pia nicht an den von

Melli verordneten Schweigestreik halten? Sie machte die ganze Wirkung kaputt. Gerade mal zwei Minuten lang hatte niemand gesprochen. »Kannst du leider nicht. Es ist eine Überraschung für Jason«, entgegnete Pam. Mit einem bösen Blick auf Adrian stöpselte sich Jason die Kopfhörer seines Smartphones in die Ohren. Es herrschte wieder Schweigen, bis Pam und Adrian ihn unter leichtem Anschubsen nach draußen zum Auto dirigierten und davonbrausten. Sprachlos sahen die drei Mädchen dem Wagen nach.

»Also wirklich«, fing Lora als Erste an.

»Ich fass es nicht«, staunte Melli, während Pia Tränen in die Augen stiegen.

»Vielleicht bringen sie ihn doch noch in das Internat«, zitterte sie.

»Nein, das glaube ich nicht. Das würde ihren Prinzipien widersprechen.« Was Lora sagte, klang einleuchtend, fand Melli. Eltern und ihre Prinzipien waren ein ständiges Ärgernis, das normalerweise viele hervorragende Einfälle zum Scheitern brachte.

»Ich bin erst beruhigt, wenn Jason wieder hier ist«, jammerte Pia weiter.

»Ein Fußballspiel. Oder sonst ein Sportturnier. Das wird es sein. Sie wissen genau, dass wir uns lieber in einem Fass die Niagarafälle hinunterstürzen würden, als bei einem Fußballspiel zuzuschauen, deshalb gehen sie alleine«, versuchte es Melli erneut.

»Vormittags?«, Lora zog die Augenbrauen hoch. »Also, das ganze Rätseln bringt doch nichts. Lasst uns den Tag genießen. Erfahren werden wir es sowieso.«

Es wurde Abend, bis Adrians Wagen wieder in die Garage rollte. Melli und ihre Freundinnen hatten den ganzen Tag in gespannter Erwartung am Pool verbracht. »Ich habe ein Auto gehört«, stellte Pia plötzlich fest. »Was?« Lora und Melli sprangen gleichzeitig auf, zogen sich ein T-Shirt über den Bikini und flitzten ins Haus.

»Ne, so geht das nicht. Wir können nicht wie ein Empfangskomitee herumstehen, als hätten wir den ganzen Nachmittag gewartet. Ich komme mir vor wie Bello, wenn Herrchen nach Haus kommt. Fehlt nur noch, dass wir sabbern. Mädels, wir haben Spaß, auch wenn die Erwachsenen fies sind«, sagte Melli plötzlich.

»Stimmt, ist voll übertrieben. Wollen wir Badminton spielen? Oder noch mal in den Pool? Jedenfalls dürfen wir uns nicht anmerken lassen, dass wir sie gehört haben«, meinte Lora. »Kommt, Volleyball geht immer.« Selbst Pia schloss sich an, obwohl sie mehrmals sehnsuchtsvoll zur Tür hinüber seufzte. Viel lieber wäre sie zum Auto gerannt und Jason in die Arme gefallen.

Melli musste sich immer noch daran gewöhnen, dass Pia und Jason nun ein verliebtes Paar waren. Jason gehörte zu Pia, fertig. Damit gehörte er zur Familie, so richtig, was er offensichtlich auch wollte. Anscheinend hatte er seine Meinung geändert. Nun, wenn er das konnte, konnte Melli es schon lange. »Ich bin ja schon eine ziemliche Versagerin«, flüsterte sie Lora zu. Fragend legte die den Kopf schief. »Na ja, zuerst will ich die Hochzeit von Mam verhindern, das klappt nicht. Dann will ich Jason loswerden, das wird auch nichts, und ich lebe in einem Haus mit Pool, den ich liebend gerne gegen das Vogelbad vor unserem alten Häuschen tauschen würde, wenn ich dort wieder einziehen könnte.«

»Pah, in ein paar Jahren gründen wir dort eine Cousinen-Wohngemeinschaft, dann haben uns die Eltern nichts mehr zu sagen«, entschied Lora.

»Und Jungs haben keinen Zutritt«, quietschte Melli.

»Äh, mal sehen, wie Pia dann dazu steht«, sagte Lora, bevor sie den Ball auffing, den ihre Schwester aus einem Busch geangelt hatte.

Vielleicht lachten sie etwas lauter als sonst. Oder strengten sich mehr an. Es gelangen ihnen ein paar ziemlich gute Schläge. Nach ein paar Minuten vergaßen sie über dem Spiel sogar, dass sie den Spaß nur vortäuschen wollten, so versessen stürzten sie sich auf den Ball. Als dann plötzlich ein fröhliches »Huhuu, ach hier seid ihr?« von der Terrassentür erklang, schauten sich die Mädchen erschrocken an.

»Ach, seid ihr schon zurück?«, fragte Melli, als hätten sie nicht seit Stunden auf die Uhr geschaut.

»Hat ein wenig länger gedauert. Wir standen im Stau, sorry«, entschuldigte sich Pam. »Hattet ihr einen schönen Tag?«

»Klar, super.« Langsam kamen die Mädchen näher, den Ball hielt Melli lässig unter den Arm geklemmt. Pam lächelte auf eine Weise, die Melli zum Wahnsinn trieb. Doch da drängte sich schon Pia an ihr vorbei. »Wo ist Jason?«, fragte sie und wollte ins Haus.

Pam hielt sie zurück. »Warte einen Augenblick, er kommt sofort.«

»Da sind sie schon.« Freundlich lächelnd wandte sich Pam zu Jason um, dem zwei Gestalten folgten und schüchtern im Wohnzimmer stehen blieben. Melli versuchte, an Pam und Jason vorbeizuschauen und Genaueres zu erkennen. »Na? Fertig mit der Hausbesichtigung?«, fragte ihre Mutter fast liebevoll. Jason strahlte wie die Mittagssonne. Immerhin, diesmal war Pam die Überraschung scheinbar gelungen. Jason redete und redete zu den Gestalten hinter ihm, doch leider in seinem schrecklich schnellen Kaugummi-Englisch, das Melli nicht verstand.

»Tatatataaaa, unsere Ehrengäste!«, verkündete Pam und winkte den Besuch näher.

»Hier sind Raj und Andrew, live from USA«, stellte Jason strahlend die beiden Jungs vor, die jetzt auf die Terrasse traten.

»Das ist Pia«, ein Lächeln überzog sein Gesicht, »und Lora und meine«, er zögerte kurz, »... meine neue Schwester Melissa. Nickname Melli.«

In seiner Aufregung redete er auf Englisch weiter. Unwillkürlich rückten die Mädchen näher zusammen, als stünden sie einem wilden Wolfsrudel gegenüber. Die Jungs lachten verlegen.

»Was für eine Überraschung«, keuchte Melli, der es den Atem verschlagen hatte. Sie stand unter Schock, als käme tatsächlich ein ausgewachsener Werwolf auf sie zuspaziert. Das konnte nicht sein. Niemals. Jetzt hatte sie endgültig einen Sonnenstich, Vitamin-D-Mangel oder Halluzinationen. Schuld daran war einer der Jungs: Er besaß eine bronzefarbene Haut, samtig schwarzbraune Augen, glänzende dicke Haare und das respektloseste Grinsen, das ihr bisher nur einmal begegnet war ... »Amrit«, flüsterte sie entgeistert. Lora fasste besorgt ihre Hand.

»Was redest du da? Wenn ich richtig aufgepasst habe, ist das Raj. Der Blonde heißt Andrew und beide sind mit Jason auf dieses Luxus-Internat gegangen, Raj hat dort einen Deutschkurs belegt. Mit ihm hat sich Jason ein Zimmer geteilt. Du weißt schon, Förderung, Schwimmbad, eigene Tennisanlagen und Pipapo.«

»Weiß ich doch«, hauchte Melli, immer noch ganz benommen. »Ich muss mich mal setzen. Ich war bestimmt zu lange in der Sonne.«

Unschlüssig musterte Jason die erstarrten Mädchen, dann schob er seine Freunde in deren Richtung und begrüßte Pia mit einem braven Küsschen auf die Wange. Während Andrew eingeschüchtert stehen blieb, ging Raj, ohne zu zögern, auf Melli zu. Ihr Mund klappte auf, als er – ohne sein freches Grinsen abzustellen – eine Verbeugung andeutete und mit leiser, samtweicher Stimme sagte: »Deine Schönheit ist wie das Siegel, das der Schöpfer unter sein Werk setzt, wenn er zufrieden ist.« Melli glaubte, ihren Ohren nicht zu trauen. Er sah aus wie Amrit, er sprach im gleichen Tonfall wie Amrit und er gab denselben Unsinn von sich. Der Kerl war die lebendig gewordene Version von Oma Doros Jugendbekanntschaft. Mellis Knie gaben langsam und unaufhaltsam nach.

»Raj und Andrew sind Jasons beste Freunde. Sie stecken in etwa so zusammen wie ihr drei. Also haben wir jetzt zwei Kleeblätter«, lachte Pam über ihren gelungenen Vergleich. »Wer gute Freunde hat, braucht keinen Spiegel«, steuerte Raj den passenden Spruch bei. Keine Sekunde hatte er Melli aus den Augen gelassen, die überhaupt nicht mehr wusste, wie sie sich seinen Blicken entziehen sollte. So musste sich ein Schweizer Käse fühlen: durchlöchert.

»Mam, mir ist nicht gut. Ich glaube, ich gehe besser rein«, sagte Melli schwach. Nur nebenbei bekam sie mit, wie Andrew ihren Cousinen die Hand gab. Dieser Andrew war ihr sowieso viel sympathischer als der klugscheißende Raj. Kein Wunder, dass er mit Jason befreundet war, da konnten sie sich gegenseitig so lange schlaues Zeug an den Kopf werfen, bis einer ohnmächtig wurde. Mit zusammengebissenen Zähnen kämpfte sie sich zum Sofa, schaffte es im Vorbeigehen noch, Andrew zuckersüß zuzulächeln, und ließ sich aufs Polster sinken.

»Bisschen viel auf einmal, oder?« Lora war ihr gefolgt und rutschte voller Anteilnahme neben sie. »Irgendwie habe ich mir die Ferien bei dir auch anders vorgestellt.«

»Frag mich mal. Irgendwie weniger jungslastig«, seufzte Melli und wünschte sich, schnell mal in eine andere Zeit springen zu können. Am besten sofort.

»Reg dich ab, die können ja nicht ewig bleiben.«

»Mistiger Misthaufen. Als hätte Jason uns nicht gereicht.«

»Ob die beiden auch so ultraschlaue Angeber sind mit nichts als Grütze im Kopf?«

»Ganz sicher«, sagte Melli mit Grabesstimme. »Zumindest dieser Raj. Halte den bloß fern von mir. Noch ein Wort aus seinem Mund und ich werde zur Furie.«

»Scheint ja Liebe auf den ersten Blick zu sein«, hänselte ihre Cousine. »Er schaut die ganze Zeit zu dir rüber.«

»Scheint mir eher ein Riesendepp zu sein«, gab Melli zurück. »Außerdem guckt er nicht zu mir, sondern zu uns. Und jetzt kommt er auch noch angetrabt.«

Tatsächlich trat Raj mit einem breiten Grinsen ins Wohnzimmer. »Lust auf ’ne Runde Volleyball?«

»Oh, sieh an, der kann auch ganz normal reden!«, giftete Melli unfreundlich. »Du hast also nicht nur fernöstliche Weisheiten auf Lager?«

Raj lachte unbeeindruckt »Nö. Das sind nur ein paar Sprüche, die mir mein Onkel aus Indien beigebracht hat ... er meinte, deutsche Frauen stehen auf so etwas. Aber da lag er wohl ziemlich daneben, oder?«, stellte er ganz richtig fest. »Na los, kommt mit raus! Zu mehreren ist es lustiger.« Er deutete in den Garten, wo Jason, Andrew und Pia sich schon einspielten.

Melli und Lora sahen sich an. Dann nickten sie.

»Ich freu mich übrigens total auf die Ferien in Europa. Voll nett, dass wir hier sein dürfen«, sagte Raj und sah Melli mit seinen kastanienbraunen Augen einen Tick zu lange an. »Schleimer«, flüsterte Lora Melli zu und grinste mindestens so frech wie er. »Mädchen gegen Jungs? Ihr habt schon verloren!«, rief sie dann ausgelassen. Die drei liefen in den Garten und Melli freute sich, als Raj vergeblich nach ihrem gekonnt geschlagenen Ball hechtete.

»Eins zu null«, rief sie und klatschte mit Lora ab.

Aha, dachte sie dann, ein Onkel aus Indien also. Melli beobachtete, wie Raj Pias Ball annahm. Na, da würde sie bei Gelegenheit mal genauer nachfragen.

Amrits fernöstliche Weisheiten

Die meisten Sprüche des indischen Kochs Amrit sind asiatische Lebensweisheiten.

Die Weisheiten auf den Seiten 55, 135, 144 und 186 stammen von dem indischen Dichter Rabindranath Tagore (1861–1941).

Die Weisheit auf Seite 159 stammt von dem chinesischen Philosophen Lü Buwei (um 300 v. Chr. – um 235 v. Chr.).

Sollten trotz intensiver Nachforschungen des Verlags Rechteinhaber nicht ermittelt worden sein, so bitten wir diese, sich mit dem Verlag in Verbindung zu setzen.

Stefanie Dörr

Melli

Einmal blinzeln und von vorn

Eigentlich will Melli nur eins: die Hochzeit ihrer Mutter verhindern. Wer braucht schon einen Stiefvater aus Amerika und besserwisserischen Stiefbruder? Zum Glück entdeckt sie ausgerechnet im Standesamt ihre magischen Fähigkeiten: Sie kann durch die Zeit springen, sie sogar anhalten. Wow! Doch so einfach, wie Melli sich das vorstellt, ist es nicht. Die Zeitsprünge lassen sich nicht kontrollieren. Dabei würde sie so gerne die Hochzeit verhindern und außerdem dringend ihre Cousine Pia vor Adine, dieser blöden Ziege, warnen. Um das tun zu können, muss sie erst einmal Oma Doros Geheimnis auf die Spur kommen, denn Melli ist sich sicher, dass die mehr über die Sache weiß, als sie zugibt ...

Arena

Auch als E-Book erhältlich

192 Seiten • Gebunden
ISBN 978-3-401-06755-1
www.arena-verlag.de

Stefanie Dörr

Lenas Wunschbuch

978-3-401-50492-6

Lenas geheimes Wunschbuch

Lena mag es kaum glauben – ihr glitzerndes Notizbuch kann Wünsche erfüllen! Begeistert beginnt sie, alles geradezubiegen, was in ihrem Leben momentan schiefläuft: Stress in der Schule, zickige Freundinnen, aufdringliche Halbstarke und Eltern auf Trennungskurs. Doch irgendwie ist danach alles nur noch verzwickter als vorher. Wo ist bloß die Bedienungsanleitung für dieses verflixte Wunschbuch?!

978-3-401-06509-0

Lenas urlaubsreifes Wunschbuch

Endlich Ferien! Lena ist überglücklich, mit ihrer besten Freundin Lilli und ihrer einmaligen Tante Pi am Meer entspannen zu können. Und auch ihr Notizbuch, das Wünsche erfüllen kann, ist mit von der Partie. Allerdings funktioniert es nicht mehr ganz astrein, seit es von Goethe, Lenas verdauungsgestörtem Lieblingshund, in die Mangel genommen wurde. Ob Lena es trotzdem noch einmal wagen soll?

978-3-401-06706-3

Lenas verliebtes Wunschbuch

Lena ist entsetzt und nicht mal das Wunschbuch kann ihr jetzt weiterhelfen. Lucas kommt zu Besuch und alles sollte ganz perfekt werden, doch die Sache läuft völlig aus dem Ruder. Und Lena steht plötzlich vor der schwersten Wahl ihres Lebens: Entweder das Wunschbuch oder Lucas – wofür soll sie sich bloß entscheiden?

Arena

www.arena-verlag.de